SANBAKA TRIO'S OTOKO-MESHI!
勇者になれなかった
三馬鹿トリオは、
を拵《こしら》える。
5
JN000994
著 くろぬか
画 TAPI岡

「うっしゃぁぁ！
今日の晩飯はドラゴン肉だ！」

神《かん》崎《ざき》 望《のぞみ》

白《しら》石《いし》絵《え》里《り》
中《なか》島《じま》誠《せい》也《や》
アイリ

SANBAKA TRIO'S OTOKO-MESHI!
勇者になれなかった
三馬鹿トリオは、
今日も男飯を拵《こしら》える。
5
著 くろぬか
画 TAPI岡
YU-SHA NI NARENAKATTA
SANBAKA TORIO HA
KYOU MO OTOKOMESHI WO
KOSHIRAERU.

# CONTENTS



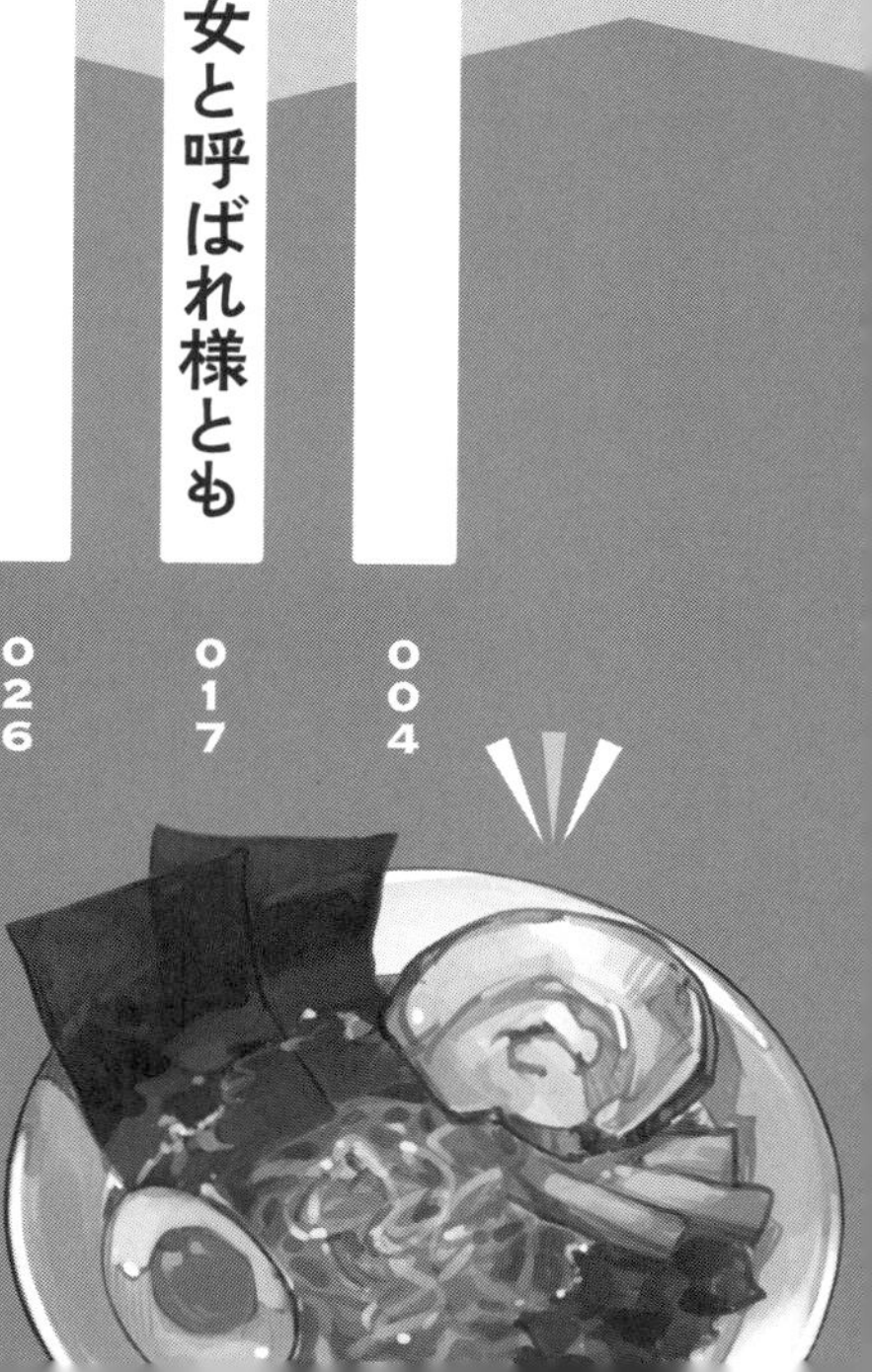

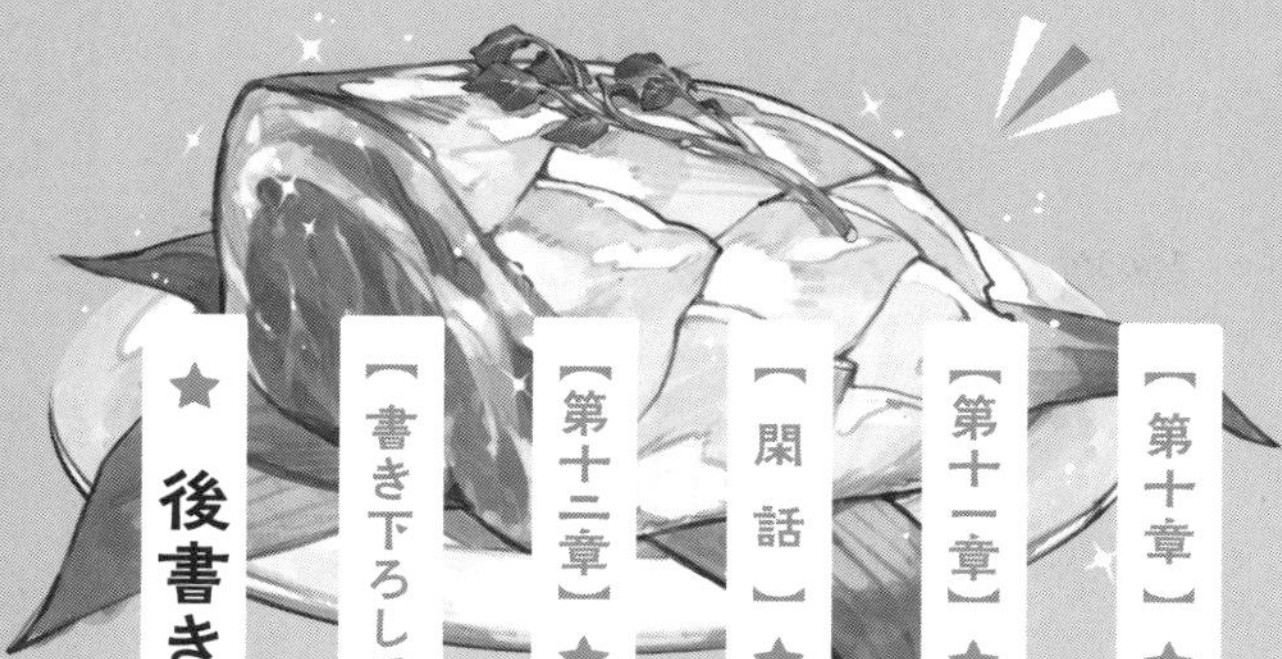



OTOKO MESHI

YU-SHA NI NARENAKATTA
SANBAKA TORIO HA
KYOU MO OTOKOMESHI WO
KOSHIRAERU.

# 【第一章】★遠征

「おはよう……ございます」

「おう、おはよう。つってもまだ早いから寝てて良いぞ？」

「いぇ……お手伝いを……」

飯の匂いで目を覚ましたのか、朝に弱い南《みなみ》がテントから這い出して来た。

まだ日も昇っていないのに、大丈夫だろうか？

今は勇者からの依頼、というかお願いを聞いてやった結果の遠征中。

しかも結構な距離を森の中移動する事になる為、こうして野営を挟んでいる訳だが。

「南ちゃん大丈夫か～？　ホレ、味噌汁飲んで目を覚ましな」

「ありがとうございます……」

未だふにゃふにゃしている南は西田《にしだ》から味噌汁を受け取り、ちびちびと啜《すす》っては「ほぉ」と白い息を吐いている。

まさに冬本番って感じで、ここの所随分と冷えるのだ。

いやはや、こういう時は温かい物が食べたくなるってもんだね。

なんて事を思いながら作っているのは、おにぎり。

温かい料理がどうとか言いながら、冬に食いたい物を作っていない俺。

寝ぼけながらも不思議に思ったのか、南は小首を傾げながら俺達の手元を覗き込んで来た。

「今日の朝食はおにぎりですか？」

「いんや、これは弁当用。これから連戦になる可能性もあるし、本拠地に着いたら人が居るかもしれないだろ？　そしたら近くで火が使えない、魔導コンロなら平気かもしれんけど、今の内から作り置きしておこうと思ってよ」

「なるほど、お手伝いします」

まだ目が半分閉じている様な状態だが、隣に並んでおにぎりの大量生産に取り掛かる南。

西田は味噌汁と他のスープ製作に取り掛かり、俺と東《あずま》と南で米を握る。

まぁ、こうなると必然的に。

「あははは、分かってはいたけど大中小が見事に分かれるねぇ」

並べられたおにぎりを見て、東がのんびりと声を上げて来た。

本当にその通りだ、一目見ても誰が作ったか分かってしまう程の見てくれ。

前にダッシュバードの巣に赴いた時もそうだったが、大小様々なおにぎりが並んでいる。

女性陣からしたら俺が作るおにぎりだってデカいだろうに、東の作った物はもっとデカい。

漫画の世界から飛び出して来た様な特大サイズだ。

そのデカさ、唐揚げだって平然とおにぎりの具に出来てしまう程。

逆に南の作った物は随分と可愛らしく、悪食女性メンバーからも手に取りやすいサイズと言って良いだろう。

とはいえ悪食メンツは皆結構食うから、東の特大おにぎりでも平気で齧り付くんだけども。

「でもアレよな、傍から見たら相当変な光景だよな。まだ日も昇ってないのに、黒鎧が揃っておにぎり握ってんの。俺はスープだけどさ」

「人目なんぞ無いから気にする事じゃねぇけどな。確かに一見変な儀式でもしている様に見えるかもしれん」

「何か召喚しちゃう？　供物は大量のおにぎりだけど。いったい何が呼び出されるんだろうね？」

「唐揚げなら……私は召喚されてしまうかもしれません」

とてもアホな会話を繰り広げながら、せっせとお弁当作り。

マジックバッグがある事を良い事に、中途半端な時間から飯作りを始めた俺達。

時間的にはそろそろ日が昇って、皆も起きて来るだろうからオカズ作りはまた後かな。

弁当と言えば色々と作りたくなってしまうが、とりあえず今は朝飯作りを始めなければ。

「一回おにぎりは終了だな、朝飯何にするかぁ……」

「温かい物が食べたいねぇ、鍋とかにする？」

「久々にドリアとか食いてぇけど、オーブンはねぇし、無理矢理作っても時間掛かるしなぁ。そしてアナベルさんが起きて来るまで竈《かまど》も作れねぇ」

さてさてどうしたものかと皆揃って首を傾げてみた結果、まだ眠そうな南が手を上げた。

「私は揚げ物が……」

「体育会系の男子か」

「ははは、ホント好きだねぇ南ちゃん。でも朝から唐揚げはちょっと違うかなぁ？」

でも本当にどうしようか。

KARA AGE...!!

冬、朝飯、外。

まるでキャンプに来て朝飯を迷っている様なこの状況。

であれば雰囲気を味わえる感じの飯にしたいと思ってしまうのだが……。

「そうだこうちゃん。確かデカいソーセージ買ってたよな？　アレにしねぇ？」

「あぁ～ね、普通に忘れてたわ。内臓系の処理はホントわっかんねぇから、未だそっちは買い食いだもんな」

「やっぱり野生の動物だと、ちょっと難しいかもって言われちゃってるしねぇ。更に魔獣肉となれば余計に」

という事で、それっぽい朝食を作る事が確定した。

魔導コンロの上にフライパンを設置し、いくつも卵を落としていく。

間違いなく一人一個じゃ足りない為、それはもういっぱい使って目玉焼きに。

そんでもって焚火の周りに串に刺したソーセージを設置していく東。

コンロがあるんだからそちらもフライパンでやってしまえば早いのだが、そこら辺は気分の問題だろう。

もちろん火に近付けてジリジリと焼いた方が美味《うま》いってのもあるが、非常に手間がかかる。

だが現在仲間達は休憩中、時間はあるから別に問題は無いだろう。

「どうすっか、コンソメスープか何か作るか？」

「だなぁ、そっちは頼むわ西田。あ、ベーコン入れようぜベーコン。コクがあるヤツ飲みたい」

「ういよ、味噌汁は一旦バッグへさよならバイバイしてっと。そんじゃ南ちゃん水よろしくぅ」

「また随分と大鍋ですね、水溜めますよ？」

西田が新しく取り出した鍋の中に、南が魔術で水を溜めていく。

やっぱ便利だよなぁ、魔法。

俺等も一人一人別な感じでこういう能力があれば、相当野営も楽になったんだけども。

まぁ無いものねだりをしても仕方ない。

俺等は結局魔法のマの字も無ければ、異世界っぽい事は何も出来ないのだから。

いや、武器を振り回しているのも結構ソレっぽいのかもしれないが。

つぅか魔獣肉は魔素がどうとか支部長も言ってたけど、俺等の体にはどんどん溜まっていってるって事？

それとも何かの成長に役立ってくれてんのかね？

肉体能力の向上ばかりな結果を見ると、まるで栄養剤かプロテインなんかの様に感じられてしまうけども。

俺等にとっての魔素って、結局何なんだろうな？

消費出来る訳でもないし、考えた所で分からないのがオチだけどさ。

「おはようございます、皆さん」

おかしな事を考えている内に日は昇り始め、テントの中から身支度を整えた中島《なかじま》が参上した。

すげぇよなぁ、森の中だってのにこんなにキッチリしてるんだから。

もしかして寝ぐせとか付かない人？

南とアナベルが居るから毎日風呂には困らないが、それでも寝ぐせボーボーって事は結構俺達には当たり前にある事例なのだが。

「中島もおはようさん。もうすぐ朝飯出来るぜ、今日はパンなー」

「ありがとうございます、それから夜の見張りもお疲れさまです。食事を終えたら、一度眠りますか？」

「いんや、問題ねぇよ。滅茶苦茶長時間見張りした訳でもねぇし、それに急いだ方が良い依頼だろ？　飯食ったら出発しようぜ」

「であれば、お手伝いしますね。おぉ……これはまた。何というか絵に描いた様なキャンプ飯」

「だよな、見た目からしてちょっとテンション上がる。ちょっと待ってろ？　今分厚いベーコンも焼いてやっから」

なんて会話をしつつ中島も飯作りに参戦。

その後女性陣が眠そうな顔を浮かべながらテントから這い出して来た頃、飯の支度も全て完了。

では、頂くとしますか。

全員揃って手を合わせ、森の中で「いただきます」と言葉にしてから。

「デカいベーコンに目玉焼きと来れば……こうだろ！」

西田がまるで啜る様にベーコンと目玉焼きを呑み込み始め、思わず笑ってしまった。

そうな、ソレだよな。

どっかの動く城で坊やが食べていた食い方。

それがやりたくて今日の朝飯作った気持ちもあるわ。

何故映画で見るご飯シーンとは、あんなにも旨そうに見えるのか。

ただの目玉焼きと厚切りベーコンなのに。

いや、普通にうめぇけどさ。

「それじゃ僕はこっちかなぁ、パンに目玉焼き載っけて……ガブッ！　としてから、何故か目玉焼きだけ食べる」

「ぶはははっ！　残ってるのパンだけ！　未だに謎だわ！」

東もおかしな事をやり始め、思わずゲラゲラと笑ってしまったが、生憎とここは異世界。

ネタが通じたのは中島だけだった様で、他のメンツにはポカンとした顔を向けられてしまった。

おい白《しろ》、お前は出来れば反応して欲しかった。

でもまぁ色々あったみたいだからね、強要はしないけどさ。

「ソーセージのシーンとか、何かありましたっけ？　私も参戦したいのですが、レパートリーが少なくて」

「気にすんな中島、普通に喰えって。どうせネタを披露した所で、俺等にしかわからねぇからな」

未だゲラゲラと笑いながら、俺は件のソーセージをカブリ。

うん、やっぱり凄いな。

〝向こう側〟じゃ考えられない様なサイズだと言うのに、しっかりと旨い。

街中で購入したモノだって、ただ焼くだけでもデカさの影響でロマン料理に早変わり。

しかもこのソーセージ、肉屋の新作っぽかったから買ってみたけど、うっめぇ……。

パリッと歯ごたえの良い食感はもちろんの事、中に詰まった肉もしっかりと味を主張してくる。

更にはドバドバと溢れて来るのではないかって程の肉脂に、調味料とバジルなんかも混ぜてあるのか、単品でもしっかりとご馳走になってくれるのだ。

とはいえ、これだけ肉汁が飛び出しているとなると。

「ぶわっ！　うわわ⁉　あちゃぁ……鎧ならまだしも、服に付いちゃった」

「野営していると仕方ないんですけど、こういう汚れはなかなか落ちにくいですからねぇ。洗濯に出したらクーアさんからまた怒られそうです」

「仕事中の汚れなら、多分平気。よって、いっぱい食べる」

ソーセージに噛みついた瞬間、飛び出した肉汁の被害にあったらしいアイリが眉を下げ、アナベルは諦めた様子で齧りつく。

もはや知るかとばかりに白も噛みつき、続けて目玉焼きを口に放り込み、幸せそうな顔を浮かべているではないか。

もうね、こればかりは仕方がない。

野営を続ければ当然汚れるし、毎日洗濯する暇だって無い。

更には獣と戦闘などしてみろ、全身返り血まみれになる事だってあるのだ。

全身鎧の俺達としては、そっちの方が色々と問題な訳だが。

血の汚れは、固まるとなかなか取れないのだ……。

よって早めに拭き取るか、寝る前にブラシでガシガシ擦る。

しかし、鎧は良いぞ。

油が跳ねようが、汁物を溢そうが染みつく事は無い。

むしろ揚げ物をしていても、何を恐れる事があろうかと言う程の完全防備。

なんて、こんな用途で鎧を褒めたらドワーフの面々に説教されそうだが。

でもちゃんと洗ってるし、隙間までゴシゴシして大切に使ってるし。

「それで、リーダー。もうそろそろ首輪魔獣を発見した地に踏み入れる距離、という事でよろしいんですよね？」

皆同様、ソーセージを齧りながら中島が声を上げてみれば。

他の面々も真剣な表情を此方に向けて来る。

その手に見た目が緩い朝食を持っているので、あまり緊張感は無いけども。

「おう、そうなるな。マジでいろんな種類が襲い掛かって来るから、今まで通りとはいかなくなると思ってくれ。だが逆に獣の習性を考えるっつうよりかは、多種類がいっぺんに襲い掛かって来るだけの駒だと思ってくれて良いかもしれん」

「どういう事？」

肉に苦戦しながら、アイリが不思議そうに首を傾げているが。

食うか話し合うかどっちかにしなさいよ、まぁ俺にも言える事だけどさ。

そんな訳で、パンに目玉焼きを載っけてガブッとした後。

「それぞれの個性を活かすって言うより、とにかく集団で襲い掛かって来るだけな感じ。ま、一回接敵してみれば分かるさ。何か気持ち悪ぃから」

「うへぇ、キタヤマさんがそんなセリフを溢すと、マジで洒落にならなそう……」

「人をフラグ製造機みたいに言うんじゃねぇよ」

彼女の言葉を、ハッ！　と笑い飛ばしてから残りのパンを口に放り込んだが。

あれ、おかしいな。バランス良く食っていた筈なのに、パンしかない。

「北君、素でネタ食いをする様になったら……色々駄目だと思うんだ」

「そういうのは、面白おかしくやってこそだぜ？　こうちゃん。真面目な話をしながらサラッとやられても、反応出来ねぇって。むしろオイオイオイ、今かよ。ってなったわ」

おかしいな、俺は普通に喰っていた筈なんだけど。

いつの間にか目玉焼きだけ先に平らげてしまったらしい。

コレが自然に出来る様になったって事は、俺が魔法を使える様になった時は「バ〇ス！」って叫ぶ感じになるのだろうか。

いや、最初で最後の魔法がアレってどうなんだ。

物凄くどうでも良い事を考えながら、残るスープやらソーセージやらを口に運んでいれば。

「あっ、思い出した。その食べ方、確かソルト！　って叫ぶ主人公とヒロインがやってたヤツだ！」

「ソルト！　それは塩な……」

急に元気に叫び始めた白から、全くもって的外れなお言葉を頂いてしまった。

というか俺じゃなくて東がやった時に何となく思い出せよ、何か悲しいよ。

そんでもって「「ソルト！」」と叫びながら、続く言葉が「目がぁぁ」だったら超怖い。

そら痛いわ、間違いなく塩ぶっかけてるもん。

更に言うなら眼球の水分がえらい事になるわ、怖いよ。

もっと不思議な世界に夢と希望を持とうぜ、俺等は魔法一切使えないけど。

などと考えつつも、もっしゃもっしゃと朝食を口に押し込んでいく。

あぁ、デカソーセージも良いけどスープもウメェ。

ズズズッとコンソメスープを啜ってから、腹も落ち着いた所で兜のバイザーを閉める。

うっし、仕事しますか。

「んじゃ今日も結構進むぜ？　準備は良いか野郎共！」

「「「おー！」」」

「キタヤマさーん、私達〝野郎〟じゃありませーん」

食事が終わったらしいアイリから、非常に気の抜けたお返事を頂いてしまった。

うん、そうね。

野郎ではなかったね。

ついでに言えば、俺等今結構重要なお仕事中な訳だけども。

皆外に出たらいつも通りになっちゃったね。

こんなにゆっくりしていて良いのかしら。

「じゅ、準備は良いか女郎共ー？　いや絶対違うよな？　い、行くぞお前等ー？」

「「お、おー？」」

今度ばかりは、先程声を返してくれた男性陣からも戸惑いの声が上がってしまった。

どうすりゃ良いんじゃい。

「あはは、ごめんってば。んじゃ、行きますか」

「こういう所にもいちいち答えようとする所、結構真面目ですよね？」

アイリとアナベルの大人組が立ち上がり、グッと身体を伸ばし始める。

続けて白と南も片づけをしながら立ち上がってみれば。

「では、参りましょうかご主人様」

「ん、今日も狩る。熊鍋食べてみたい」

先程のフリは何だったのかという程、普通な言葉を返して来るじゃありませんか。

コイツ等め、人で遊びやがって。

とにかく荷物をバッグに仕舞った後、改めて俺は叫ぶ事になった。

「悪食、発進！」

「いやこうちゃん、それはちげぇ」

「うん、間違いなく違うかな？　僕等機動戦○じゃないから」

友人二人からは、非常に辛辣なお言葉を投げ掛けられてしまった。

# 【第二章】★たとえ情けない王女と呼ばれ様とも

キタヤマ達が出掛けてから数日後。

「おーいチビ共、今帰りかぁ？」

ギルドの隣、雑用系の仕事が受けられる建物から出た瞬間カイルさん達に声を掛けられた。

どうやら彼等も仕事が終わった所らしく、皆鎧が汚れている。

「お疲れ様です、戦風《せんぷう》の皆さん」

「相変わらず固いなぁノイン、旦那の所のちびっ子とは思えねぇぞ」

「キタヤマは……アレはちょっと例外というか、結構グイグイ行きますからね」

「ハハっ、確かにな」

なんて世間話をしていると、飯でもどうだとギルドを指さされる。

とはいえ孤児院に帰ってから夕飯は作るし、断ろうか考え始めた所でチビ共が「食べる！」と一斉に答えてしまった。

「お前等……帰ってから飯食えなくなるぞ？　それに無駄遣いばっかりしてられる程余裕がある訳でも――」

「だったら少しつまむくらいで済ませておけば良いじゃねぇか、奢ってやるから金の心配なんぞすんなよ？」

ガッハッハと豪快に笑いながら、結局ギルド内部へと連行されてしまう。

両開きの扉を開けば一瞬だけ皆の視線がこちらへと向き、少しだけ静寂が訪れた。

しかし次の瞬間には皆視線を外して、酒を飲んだりクエストを確認したりと、再び先程同様の行動に戻っていく。

何度訪れても、未だこの瞬間だけは慣れない。

悪食のリーダー達の様に、いつか堂々と歩を進める事が出来る様になるのだろうか。

「報告済ませて来ちまうから、先に座っててくれ」

そんな訳で、カイルさん達はカウンターに向かって進んでいった。

彼等の姿を見て、周りの連中がヒソヒソと「戦風だ……」なんて呟いている声も聞こえてくる事から、やはり凄い人達なのだろう。

何であの人達、悪食と仲良いんだろう……などと考えていると、エルの奴が急に走り出したではないか。

スキンヘッドで、強面のウォーカーの下へと。

「ちょっ、エル！」

慌てて呼び止めようと追いかけるが、如何せん気が付くのが遅れた。

そのまま先に相手の下へとたどり着いたエルは。

「あの、この前は……すみませんでした！　勝手に槍使っちゃって」

大声を上げてから、すごい勢いで頭を下げているではないか。

報告は受けている。

何でもチビ共数名が〝勇者〟と遭遇し、エルが襲い掛かったんだとか。

どうやらその時に迷惑を掛けた相手だったようだ。

「あぁ、エル坊か。気にすんな、むしろすげぇモンが見られたよ。それと……もう大丈夫なのか？」

意外や意外、怖い顔のおっちゃんが目尻を下げながらエルの頭に手を置いている。

「はい、もう大丈夫です。キタを、悪食のリーダーを人殺しにはしたくないんで。代わってやるなんて言われたら、一旦は飲み込むしかないです」

「クハハッ！　そりゃおっかねぇ、〝悪食〟を敵に回すのはちとゴメンだなぁ。まさかアイツ等がココまでデカいクラン作るとはなぁ、とは思ったが……まぁ、あんまり昔の自慢話しても格好悪いからな。でもギルドに来たアイツ等に、最初に声を掛けたのは俺だったんだぜ？」

「また始まった。エル坊、適当に聞き流せよ？　コイツいっつもこんな事言ってんだ」

話が盛り上がって来た所で、周りのウォーカー達もワラワラ集まって来る。

唖然としていれば、何人ものウォーカーが俺達の事を笑顔で手招きしているではないか。

「ほら坊主共、お前等もこっち来い！　何でも好きなモン頼んで良いぞ！　俺等の奢りだ！」

「おいエル、また槍使ってる所見せてくれよ。ありゃ凄かった、他のチビ共の技も見てみてぇな」

「お、いいな。今度訓練場でも借りるか」

なんだか……凄い事になってしまった。

結局カイルさん達が戻って来ても俺達は囲まれたままだし、目の前にはどんどん料理が運ばれてくるし。

こんな扱い受けて良いのだろうか？

若干気まずくなりながら、大人しく料理を口に運んでいると。

ズバンッ！　と大きな音を立てながらギルドの扉が開いた。

そして、入ってくるのはフルプレートに身を包んだ集団。

肩に国のエンブレムが入っている事から、すぐに国直属の兵士なんだと理解出来る。

が、何故ウォーカーギルドに？

「ギルド支部長はいらっしゃいますでしょうか？　そして、皆様にもお話があります」

凛とした声が、ギルド内に響いた。

誰しもポカンと口を開けている中、兵士達の間から姿を現したのは綺麗なドレスに身を包んだ少女……どう見たってお姫様。

見た目の年齢は、ミナミやシロとそこまで変わらない様に見えるが。

俺だって詳しい訳ではないけど……あんな女の子、王族に居たのか？

などと考えている内に、カウンターの奥から慌てた様子の支部長が顔を出した。

「こ、これは……いったい」

ボソボソと呟きながら膝を折ろうとした支部長に対して、彼女は片手を差し向けソレを止める。

「今日は、本当に身勝手な依頼を……皆様に〝お願い〟をする為に参りました。初めまして、ウォーカーの皆様。私はこの国の王女、シルフィエット・ディーズ・エル・イージスと申します」

彼女は静かに、俺達に向かって頭を下げた。

〝王女〟

俺達とは身分の差が天と地もありそうな存在が、今目の前で頭を下げているのだ。

は？　え？　という混乱した声が周囲から響くのも仕方がない。

俺だって意味が分からない。

王族というのだから、偉そうに命令するのなら分かる。

だというのに彼女は貴族風な挨拶をする訳でもなく、普通に頭を下げている。

申し訳ない、ただそれだけを表現するかのように。

それからやはり、この国に〝王女〟なんて居たのか？　という声もチラホラ。

俺が覚えていなかっただけとか、そういう訳では無さそうだ。

「この国には〝厄災〟と呼ばれる危機が迫っております。簡単に説明しますと〝未来を視る称号〟を持った者が予知した危機、ソレがもうすぐ訪れます。ソレは国を亡ぼす程の脅威、以前の防衛戦とは比べ物にならないでしょう。その戦闘に皆様の御助力をお願いしたく、参上いたしました」

そんな事を言いながら、彼女は更に頭を深く下げる。

そして、周りの兵士達も。

あり得るのだろうか？　こんな事。

だって、彼女達は国のトップだ。

誰よりも偉い人間達なんだ。

その彼女達が、俺達程度に頭を下げて頼み事をしている。

……なんだ、これ？

「王女って言われても……聞いた事ねぇぞ」

誰かがポツリと溢した言葉に彼女は顔を上げ、再び凛とした声を紡ぎ始めた。

「私もまた、件の〝未来を視る称号〟を持っています。だからこそ、隠されて来た存在。この場に居る殆どの皆様は、この国に王女が居る事さえ知らなかった筈です。コレは特別な称号だからこそ、争いの火種になる可能性がある。その為、今日この時まで私は人目に触れぬ様生きて来ました」

「おいおい、マジかよ……えっと、敵の規模は？」

ウォーカーの誰かが呟いた。

戦闘の依頼というのなら、当然ながら気になる情報。

しかし彼女は視線を落とし、首を左右に振って見せる。

「分かりません」

「いつ来るんだ？」

「分かりません。ただ、今年の初雪が降るその日に、としか」

「そんな曖昧な情報ばかりじゃ、とても人が集まるなんて……」

「思っておりません。ですから、無理なお願いをしに参りました。そして、本当に〝無理だ〟と思う方は今の内に逃げて下さいませ。王からの〝命令〟が下る前に」

え？　と、何処からともなく声が上がる。

彼女は今何と言った？

以前の防衛戦の時の様に、無理矢理参加しろと言われるならまだ分かる。

俺はその当時ウォーカーでは無かったので、皆から聞いた話にはなってしまうが。

確か〝最低でもこれくらいの人数を用意しろ〟みたいな、ウォーカーギルドでは拒否不可能な通達だった筈。

だというのに、今彼女は逃げろと言ったのか？

王様からの〝絶対命令〟が出される前に？

「この度の厄災、言い方を変えれば戦争になるでしょう。他所の国で生きられる方々、逃げられる場所がある方は逃げて頂いて結構です。いえ、この言い方は良くありませんね。私達は、藁に縋《すが》る想いでこの戦に挑む事になります。なので……特に家族のおられる方は、逃げた方がよろしいかと思われます」

続けざまに放たれる言葉に、誰しも困惑する中。

彼女はスッと目を細めながら、真っすぐに俺達の事を見つめた。

「それでも、私達は戦わなければなりません。ですからどうか、一人でも多く。力を貸して頂けませんでしょうか？　お願い申し上げます……満足のいく報酬が支払えるかも分からない、皆様の安全を保障する術は無い。そんな情けない今の王族ではありますが……どうか！　どうか皆様のお力を貸しては頂けないでしょうか⁉　お願い申し上げます！」

必死で頭を下げる彼女に従って、周りに居た兵士達も再び頭を下げた。

誰も彼も、腰を折る程に深く。

とんでもなく異常な光景だ。

王族が、俺達みたいな下っ端にココまでしているのだから。

なんて、皆が呆けていると。

「お姫様よぉ、〝戦風〟は受けるぜ。その依頼」

「元騎士なんだ、俺も受ける。ハッ、いつから王族はココまで謙虚になったんだよ」

カイルさんが声を上げ、続けてギルさんも立ち上がった。

一瞬だけギルド内は静まり返り、そして姫様も驚きの表情を浮かべている。

しかし、変化はそれだけに留まらなかった。

「俺もだ！　乗った！　報酬は分かんねぇけど、国のトップに貸しが作れるんだろ⁉　やってやらぁ！」

「フフッ、これでも貴族の端くれですからね。王族に頭を下げられて、尻尾を巻いて逃げたとなれば家名に傷がつきますわ。私も参加しますわ。このエレオノーラ・クライス――」

「しゃぁねぇなぁ、俺等のパーティも参加だ！」

「ちょ、ちょっと！　人の名乗りの途中で……」

「俺等も行くぜ！　いけすかねぇ王様なら鼻で笑ってやった所だが、可愛いお姫様にお願いされちゃ、逃げる訳にはいかねぇよなぁ！」

彼等の声に釣られたかのように、そこら中から上がって来る雄叫《おたけ》びと名乗り文句。

そして。

「よう、〝悪食〟はどうするんだ？」

「え？」

カイルさんが、俺の肩を叩いた。

軽い様子で声を掛けて来ているが、表情は真剣そのもの。

「今日那は居ないんだろ？　そんでもって、この場に居る〝悪食〟はお前達だ。どうする？　チビっ子達が多いんだ、逃げても良いんだぜ？」

リーダーの判断が仰げないこの状況。

俺の意思だけで、悪食を動かす訳にはいかない。

だとしても、そうだったとしても。

この状況で、〝アイツ等〟が名乗りを上げない姿なんて想像出来ないんだ。

「俺も……〝悪食〟も参加する。ココは俺達の街だ、俺達が守るんだ」

「ハハッ。格好良いじゃねぇか、ノイン」

最悪、参加者は俺だけになるかもしれないが。

流石にチビ共をこんな事に同行させる訳には行かない。

だったら、俺だけでも参加しないと。

〝悪食〟はこの戦場に参加しなかった、などと言われたら恰好が付かないというものだ。

そんなのは、俺自身が認められない。

俺の知る悪食は、いつだって格好良かったんだから。

「とはいえ、前には出んなよ？」

「状況次第です」

「生意気なクソガキめ」

なんて会話をしながら、カイルさんから軽いゲンコツを貰ってしまった。

あぁもう。こんな時にアンタ達は何やってんだよ、リーダー。

早く帰って来ないと、俺等だけで全部貰っちまうからな？

# 【第三章】★森の中

「シャァァァッ！」

二本槍を振り回しながら、何体もの魔獣を斬り払う。

全く、キリが無いなこりゃ。

いくら掃っても次から次へと湧いてきやがる。

相変わらず、随分とペットが多い御様子だ。

「こうちゃん、しばらく任せろ」

「正面から来るデカいの抑えるから、北君《きた》はちょっと休んで」

「わりぃ！　頼むわ！」

タンッと軽い音を立てながら下がれば、周囲から襲い掛かる魔獣を西田が端から仕留めていく。

更には東が盾を構え、ど真ん中に突っ込んで獣の群れに道を開ける。

「上空から来る無礼者はこちらにお任せを！」

「一匹も通さない」

俺等の周囲に、バタバタと落ちてくる鳥の魔獣。

南と白の遠距離組が、随分と頑張ってくれている様だ。

これで上からも襲われたら、たまったもんじゃないからな。

「そろそろ集まりましたかね……行きますよ、皆様。〝煙界〟！」

地面にナイフを突き立てた中島がそんな事を叫んだかと思えば、それはまさに厨二病の化身。

ナイフの先から黒い影が伸び、目の前にいる魔獣達を黒い煙が包んでいく。

どいつもこいつも急に視界が遮られた事に驚いたのか、一瞬だけ動きを止める獣達。

「流石《さすが》ですナカジマさん、これならいっぺんに巻き込めます！　皆様回避を！　〝氷界〟！」

黒い煙から全員が退避した事を確認してから、アナベルが杖を真正面に向ける。

前にも見た、範囲魔法。

全てを白く染める驚異的な氷の魔女っぷりだが、今回は黒い煙に巻かれてどうなっているかよく分からない。

なんて事を考えている内に、もう一人が飛び出し。

「アイリさん！　後はお願いします！　バフは掛けました！」

「了解！　いっくよー！　〝インパクト〟ォォォォ！」

何やら魔法を行使したらしいアイリが、振り被った拳を虚空へと向けて放つ。

すると、どうだろうか。

ガシャァアン！　と正面からガラスが砕けた様な音と共に、ダイヤモンドダストかって程の氷の粒が周囲に広がった。

「お見事です、皆様」

「うわ、すご。アイリさんコワ。流石ゴリ……」

後方から、南と白のそんな声が漏れる。

思わずソレに同意してしまう程に、広範囲殲滅戦に長けている組み合わせ。

動き回る獣を止め、凍らせ、砕く。

えっと、あの。君等のコンボ凶悪過ぎませんかね？　いつ考えたのソレ。

俺等三馬鹿もういらなくない？　君等美男美女三人衆で良いではないですか。

なんて事を思ってしまうくらいに、見事な魔法の連携っぷり。

そして、中島がチンッ！　と格好良くナイフを腰の鞘に納めて黒い霧を払えば。

「うわぁお、なんにもいない」

ビックリするくらいに、綺麗に片付いていた。

魔石がぽろぽろ地面に転がっており、アナベルの冷却が前以上に激しかったのか。

獣の死体だって砕けた状態でそこら中に転がっている。

ソレさえも、半分以上は最後の一撃で吹っ飛んでいった事だろうが。

見えなくなったら瞬間冷却、逃げられる訳も無くそのまま粉砕機。

こっわ、何このコンボめっちゃ怖い。

「それじゃ今回も魔石の回収、そんでもってリーダーのつまみ食いタイムの間に休憩ってことで」

「なんかその言い方凄く嫌だな」

ケラケラ笑うアイリに肩を叩かれ、皆は周囲に散らばった死体から魔石だけを集め始める。

あの全てをこれから握りつぶさなければいけないのか……。

そう思うと、思わずため息が零れるが。

とはいえ皆俺の〝魔封じ〟の為にやってくれているのだ、サボる事は出来ないのも確か。

「最初からこれだったら……俺に〝デッドライン〟とか意味分からん称号付かなかっただろう

な」

「いやぁ、付いたと思いますよ？　デッドライン。何たってキタヤマさんですし」

何だか納得いかないお言葉を貰いながら、結局俺の前には魔石が山の様に積み上げられる。

プチプチタイム、開始である。

目的の神殿？　まではもうちょっと。

そっからが本番だってのに、俺達は未だに首輪魔獣を相手しながら、こうして魔石を握り潰す作業を繰り返しているのであった。

「でもこの倒し方だと、食べる所が無くなってしまいますね」

「まぁ今回は速度優先だから、仕方ないでしょ」

「もうちょっと魔法の組み合わせを変えてみますか？」

新たな美男美女トリオの雑談を聞き流しながら、ひたすら魔石を潰す俺。

あぁくそ、虚しい上に寒ぃ。

もうここまで寒いと、本当に雪でも降りそうな夜だ。

※※※

「唐揚げ〜美味しくつっくるなら〜」

「うわ、ふっる！　超古い！　懐かしいと言うか、ネットで俺等もようやく知ってるレベル」

「もみっもみ〜って？　まぁうん、揉むけどさ」

「唐揚げの歌があるのですか？」

魔石プチプチが終わったので、本日の晩飯。

腹が減っては何とやら。

相手の本拠地にも着々と近づいているが、夜の内はガンガン進む訳にもいかず。

これればかりは致し方なし、今の内に作り置きもいっぱい作っておかないと。

という訳で、今日もお弁当作りを進めようと思います。

一応街で弁当箱も買って来たけども、よく考えればマジックバッグがあるんだから、皿があればいいんだよな。

まぁ良いか、気分の問題だ。

などと無駄遣いに対して言い訳しつつ、今有る材料を端から使っていく。

とんかつ、メンチ、コロッケ、生姜焼き。

そんでもって、弁当と言えばやっぱり唐揚げだろう。

ジュワァ！　と良い音を立てながら油から上がるコイツに、久しぶりに南が大興奮。

本来のお手伝いも忘れて、キラキラした瞳を向けて来る程だ。

先にちょっと与えて飯作りに参加してもらおう。

「南、味見。熱いから気を付けろよ」

「はいっ！　ご主人様！　いただきます！」

一つ皿に載せて差し出せば、待っていましたとばかりに飛び付いて来る猫娘。

普段の行動では白の方が猫娘と言う表現になるのだが、唐揚げの時だけは南がしっかり猫だ。

餌にがっつく御猫様の様に、キラキラした瞳を向けながら揚げたて唐揚げを皿で受け取った。

いっぱい作るから、たんとお食べ。

などと思っている内にガブッと唐揚げに噛みついた彼女は、ハフハフと熱そうな息を溢しながらもしっかりと噛みしめている御様子。

相変わらず猫舌は行方不明だ。

「美味《おい》しいです！　プリプリで、柔らかい上に噛めば噛む程ジュワジュワ旨味が広がります！」

「そりゃ良かった。んじゃ大量生産すっから、南も手伝いよろしく」

そう言って調味料に浸かった鶏肉をボウルごと差し出せば、慌てた様子で南も調理に参加した。

が、しかし。

南を誘惑する鶏肉料理はこれだけには収まらず。

「リーダー、大葉入りの鶏ササミカツも揚がりましたよ」

「照り焼きチキンって、これくらいで良いの？　ちょっと見て」

中島と白の二人が、皿に載っけた鶏肉料理を此方に運んで来てしまったではないか。

そんな事をされれば当然、ウチの鶏肉大好きっ子が黙っている筈も無く。

必死に鶏肉もモミモミしながらジッと此方を眺めているのが分かる。

アレだ、警戒してるんだか物欲しそうにしてるんだか分からない野良猫の瞳だ。

「味見は南に任せるか。だが今〝もみっもみ〜〟の最中だから、食わせてやってくれ」

「随分と懐かしいメロディーですね」

「え、何それ知らない。南、味見。あーん」

若干一名ジェネレーションギャップを感じさせる一言を投げ放ちつつ、出来たばかりの照り焼きチキンを南の口に放り込んでいた。

お口で御迎えした南に関しては、それはもう幸せそうな表情をしているので……まぁ、大丈夫って事で良さそうだな。

「なかなか上達してきたじゃねぇか、白」

「ん、任せろ。と言いたい所だけど……今回のは割と簡単だったから？」

「それでも上出来だよ」

なんて会話をしつつ、俺達は出来た料理を端から弁当箱に詰め込んでいくのであった。

しまった、野菜が少ない。

※※※

翌日。

「ふむ」

「どう見るね」

俺と西田と南で、草むらに寝そべりながら以前発見した〝神殿〟らしき何かを眺めていた。

というか、何度見ても神殿だ。

中に入ると石の台座に突き刺さった剣とかありそうな見た目。

剣を引っこ抜いて急に大人になっちゃったりしそうな雰囲気。

いや、流石にそのゲームは古いか。超好きだったけど。

とにかく、真っ白でそれっぽい建物が佇んでいる訳だ。

そんでもって更に、人がいっぱい居る。

「なんか、めっちゃ忙しそうね」

「だよなぁ、キビキビしてるっていうより焦ってるっていうか。納期前みてぇ」

「どいつもコイツも白髪増えそうだな。あぁ嫌だ嫌だ、こっちの世界にも社畜ってあるのね」

「実際白髪多そうな顔色してるしなぁ、転職でも勧めてみっか？」

「ご主人様方……もう少し真剣に……」

南に呆れたお言葉を頂くが、どうしてもそういう感想しか出てこない。

それくらいに、何か忙しそうなのだ。

「早くしろ！　ソコ、何をしている！　そんな積み込み方では移動中に崩れるぞ！」

なにやら、偉そうな若造が指示を出しているが。

しかし、アレは良くない。

急げ急げと急《せ》かすばかりで、他に口を出すのは叱る時だけ。

むしろ褒めながら効率を上げる事を考えられないのかね、あれじゃ周りで聞いているのだってテンションがダダ下がりだろうに。

そんな事を考えながら眺めていると、やがて先頭の馬車が動き始める。

馬車……なのだが。

引いているのはデカい魔獣の御様子、実に速そう。

やっと準備が整ったのか、魔獣と馬車達が全体的に動き始めた。

何と言っても数が多い、とんでもなく多い。

配達業者の朝ラッシュを見ている様だ。

「おそらく、コレが支部長の言っていた〝戦争〟に参加する部隊かと思われます。今の内に叩きますか？」

「南、Ｃ４はあるか？」

「しーふぉー……とは？」

「地雷やら戦車やら無い限り、俺等には止められねぇって。もしくは無限ロケットランチャーかな？　無理無理」

なははっと笑う西田の言葉に、南は更に首を傾げながら現場を観察する。

うん、これは無理だ。

人数がとんでもなく多いし、周囲に従えている魔獣もわんさか。

コイツ等が白首輪の飼い主ってのは間違いなさそうだが、ペットも多ければ飼い主も多いのか。

この進行を妨害して、戦争を止めろって？

馬鹿言っちゃいけねぇ。

余裕で千とか万とか超えそうな数に対して、こっちは十人も居ねぇよ。

某ステルスミッションを平然とこなす「またせたな」って決め台詞の声が渋い主人公か、サラッとゾンビの群れでもなぎ倒すアライグマシティの生き残りが必要な事態だろうに。

残念ながら俺達に特別な能力は無い。

主人公補正という、一番大事なスキルが備わっていないのだ。

「ふーむむむ」

「どう見るかね？」

最初と同じような会話を繰り広げてから、しばらくその場の様子を観察する。

うむ、実に雑だね。

素人目から見ても、実に雑だ。

物資の搬入は運搬会社の素人みたいな積み込み方だし、駆使している魔獣の統率はあまり取れている様には見えない。

そんでもって馬車の扱いも酷い、とにかくスピード重視って感じで物凄く揺れている。

だとすれば。

「しばらく待つか、随分な人数がお出掛けみたいだし。んで、少なくなった所をコソッとお邪魔してみよう」

「だな、偵察偵察。獣の大群相手にするよりは何とかなりそうだ」

「上手く行けば良いですが……今回は中島様もいらっしゃいますからね。彼の闇魔法なら勝算はあるかと」

魔法適性〝闇〟。

南の言う通り、初美《はつみ》の次にスニーキングミッションに長けた奴が居るのだ。

だとすれば、ちょっとくらい覗いたって構わないだろう。

という訳で、皆が出発した後にちょびっと見て回ろう。

聖女様が居れば攫って来て、敵の幹部が「がっはっは」とか笑っていたらそっちも攫って来よう。

完全に山賊の様な思考回路だが、今回の仕事ばかりは仕方がない。

俺達は、今日だけ蛮族になるのだ。

「一旦戻るか。皆に報告、様子を見て、行けそうなら深夜に攻める」

「あいよ」

「了解です」

そんな訳で、俺達は草むらを匍匐《ほふく》後進で帰って行った。

この程度、普段から狩りをやっていれば平然と出来る小技なのである。

※※※

「では行ってまいります」

「いや、言い出しておいてなんだけどさ。マジで平気？」

「絶対ではありませんが、おそらくは。それに私程度の魔法では、初美さんの〝影〟の称号の様に色々と小技がある訳ではありませんので、どうしたって皆さんを隠す事が出来ません。なに、少し見てくるだけですよ、ご心配なく。お先に食事も頂きましたから」

自身だけなら色々と隠れる術があるらしく、中島は軽い足取りで神殿へと向かって行った。

あんなに堂々と真正面から行っちゃって大丈夫なのだろうか？

床下から攻めたり、天窓からスッと入ったりしなくて平気？

トール達に、被る為の段ボールも作って貰っておくべきだった？

なんて事を考えながら、ハラハラしていると。

「ん、中さん普通に侵入した。残ってる警備にも気付かれてないみたい」

木の上の白が、ズーム機能付きのサングラスを掛けながら報告してくる。

マジかよ、正面から行っちゃったよ。

本当に称号やら魔法ってのはすげぇな、中島は最初からステルス迷彩持ちか。

「もうここからは見えないから、今の内に休憩しよ」

スタッと下りてくる白に、周りの面々は頷いているが。

「大丈夫かなぁ……中島、俺もやっぱ行くべきだったんじゃ」

「北が行ったら、速攻アラートモード。ステルス戦じゃなくて、殲滅戦になる。派手に行くのは、道順が分かってからの方が良い」

だよねぇ、そうだよねぇ……あの建物、真っ白だし。

俺達みたいな黒い鎧が動いていたらむしろ目立つよねぇ。

「今は中島様を信じて待ちましょう、ご主人様」

「大丈夫だって。ナカジマさん、ハツミちゃんに特訓してもらって色々闇魔法も使える様になったみたいだし」

「私も基礎や初歩魔法は教えましたが、飲み込みが早いですよ？　それに単調な魔法を連発して使いながらの戦闘は、多分私よりも上手いです」

各々からそんな事を言われてしまい、結局俺達は休む事になった。

というか、孤児院に居る事が多かったから余計に心配をしていたのだが……そっか、孤児院に居た方が魔法は覚えられるのか。

俺達みたいな、〝無し〟じゃなければ。

「とりあえず、飯にしちまうか……流石に火は使えないから、作り置きな。弁当だ弁当」

「おにぎり大量に作ったから、皆いっぱい食べてね。中身はお楽しみで、たまにハズレも有ったり無かったり」

「水筒に色々味噌汁も注いでおいたから、皆好きなの選んでくれぃ」

もはや俺達に出来る事は無く、大人しくピクニック飯を摘まみ始めるのであった。

各々好きな物を手に取り、いただきますと声にしてからパクパクと食べ始める訳だが。

「う〜む」

「北、しつこい。心配なのは皆同じ。でも、いざという時私達が動けない方が問題」

「まぁそりゃ分かるが……」

いつまでも唸っていると、白の奴にピシャリと怒られてしまった。

コレは良くない。

指揮する立場の人間が、いつまでもウジウジ悩んでいては示しがつかないというものだ。

気持ちを切り替えて、目の前に並んでいるおにぎりに手を伸ばし口に運んでみれば。

「あ、うめぇ。具は野沢菜か？　こういうのも良いよね」

一発目に引いたおにぎりは案外サッパリ系というか、安心して食える味が口の中に広がった。

更には思いつく限り作った弁当各種。

些か肉系統と油物が多くなってしまったが、弁当なんてこんなもんだ。

という事で、適当に箸を伸ばし口に放り込んでみれば。

「やっぱ弁当には唐揚げだよなぁ……冷めても旨い。いや、マジックバッグに入れてたから全く冷めてねぇけど」

「わっかるわぁ……こう、冷食でも良いから入ってて欲しいよな」

「そうだねぇ、なんかもう学生時代を思い出すよ」

西田と東からそんなお言葉を頂きながら、弁当箱に山積みになった唐揚げを崩していく。

カリッ、ジュワッ！　ってのが、マジで旨い。

今はちょっと異世界便利道具を使ってズルしているが、コイツは冷めても旨いってのが素晴らしい。

唐揚げを一つ口に放り込めば鶏肉の旨味が口の中に広がり、続いておにぎりを齧る。

バランスよく中和された所で、味噌汁を流し込んでみればどうだ。

それはもう、見事なまでの〝飯を食っている〟という感覚に陥るのだ。

ここにサラダとかあったら完全に定食なのだが、そこまでは望めないのが弁当というもの。

しかしながら、このアンバランスさが何とも昔を思い出させる。

「お？　卵焼きもあるじゃん。白が作ったのか？」

弁当に入っているだけで、非常に色合いが良くなるのが卵焼き。

どうやら中にはチーズや野菜を入れて巻いてあるらしく、しげしげと眺めてから口に放り込んでみれば。

うんまい。味付けもマイルドというか、ちょっと甘め？

その辺りは白らしいっちゃらしいが。

「ううん、中さんが作ってくれた。美味し」

「そかそか。肉ばっかより弁当らしくて何よりだ」

各々適当に作りまくってたからね、誰が何を作っているかまでは把握していなかった。

中島も最近、放っておいても色々自分から作る様になってきた。

特に色合いとか気にしない俺達より、こういった見栄えが良い物を作るのは上手いんじゃねぇかな。

クーアと一緒に菓子作りなんかもしているみたいだし。

「中島、平気かねぇ」

「北」

「わぁってらい、寒ぃから今のうちに食い溜めておかねぇとな」

「冬眠？」

俺はいつから熊になったんだろうか。

いや、こっちの世界の熊さんは冬の間でも元気に走り回っているが。

「熊も何頭かは確保したし、この仕事終わったら解体しないとねぇ」

「東、それはそこはかとなく死亡フラグじゃねぇか？」

「俺、この戦いが終わったら……熊、食べるんだ……」

「おいコラ西田、やめい」

そんな気の抜けた会話をしながら弁当を摘まみ、中島からの連絡を待ち続けるのであった。

※※※

随分と人が少ない神殿の廊下を足音も立てずに進んでいく。

あくまで人が少ないだけであり、居ない訳ではないのだが。

それでも、こちらに気が付く素振りを見せる者は居ない。

「こんな時、初美さんの様に〝影〟の称号持ちならもっとスイスイいけるのでしょうが……」

生憎と、そんな便利なモノは持ち合わせていない。

私は〝ハズレ組〟。

特別な称号を持たず、他の悪食メンバーの様に〝確たる何か〟を持っていない。

でも、唯一。たった一つだけ私に残った個性、ソレが魔法適性の〝闇〟。

本来は相手の視界を奪ったり、デバフと呼ばれる能力低下の魔法を相手に促す事が殆どらしいが……私の場合は、何処までも偏った魔法の使い方をしていた。

とにかく自分自身に魔法を使い、気配を殺す。

何処までも希薄な存在になる為に、自らにデバフを〝掛け続ける〟のだ。

当然そんな事をしていれば、戦闘など殆ど出来たモノではない。

つまり、発見されれば一巻の終わりという訳だ。

今の所良い調子……出来れば、このまま。なんて、思った時。

「何だお前は」

随分と歳のいったお爺さんが、こちらに向かって鋭い眼差しを向けていた。

不味い、ソレだけを思って腰の鞘からナイフを抜き取り、構える。

だがやはり体が重い、これは……あまり良くない状況だな。

「随分と気配を殺すのが上手い。国の用意した斥候か？　大したものだ、私ですらこの距離に近づくまで気が付かなかった」

クックックと口元を吊り上げながら、老人は杖を構える。

他の者と同じく真っ白い服装。

だがしかし、服の装飾がやたらと豪華だ。

強者を引き当ててしまったのかもしれない。

「チッ！　厄介なのに見つかってしまいましたね」

舌打ちを一つ溢しながら首に掛けてあった笛を咥え、思いっきり息を吹き込んだ。

しかし、コレと言って音は鳴らない。

「ふんっ、何をするのかと思えば……不良品でも掴まされたか？　あの国はやたらと金を使う癖に、変な所でけち臭いからな」

そんな事を言いながら彼は杖を頭上に振り上げ、ブツブツと何かの詠唱を始めた。

ありがたい。どうやら彼は仲間を呼ぶ訳ではなく、一人で私と戦うつもりでいる様だ。

「頼みますよ、南さん」

位置を知らせる為にも、その後何度かに分けて音の鳴らない笛を吹き続けた。

※※※

「ご主人様、中島様からの合図です。敵に発見された模様」

「やっぱ一人で突っ込めってのは無理があったか……だぁクソ」

「しかし、かなり奥まで侵入している様で。おそらく目ざといのに運悪く遭遇したのでしょう、コレばかりは致し方ありません。とはいえ経路も教えてくれているくらいには、余裕があるみたいです」

「まぁ何はともあれ緊急だ。行くぞお前等！　盛大にお宅訪問してやるぞ！」

中島が持っていた特殊な笛。アレだ、犬笛ってヤツだ。

人の耳にはヒューヒューと空気の抜ける音にしか聞こえないが、動物ならその音が聞き分けられる。

そして今回の場合、その役目を負ったのが南。

犬笛っていうより、猫笛になってしまった。

緊急の時には鳴らす様に言ってあったが、南が言うには今の所大丈夫らしい。

二人であらかじめ笛のパターンも決めておいたのだろう。

これで俺等も最初から奥地に向かって一斉に駆け込めるってもんだ。

なんともまぁ頼もしい限りだ。

「さて、くっそ寒くなって来たし急ぎますか」

「だね。中島さんとか特に、デバフマックスだから風邪引いちゃうかも」

「道案内はお任せを」

西東南がスッと目を細めながら、目の前の建物を睨む。

「んじゃ、結局突入になっちゃったけど。お邪魔しますか」

「ですね、やはり私達に隠密行動は向かない様です。森の中以外では」

「奥までマッピング出来ただけでも上々。急いで、救援行く」

アイリはガントレットを打ち鳴らし、アナベルは不敵に口元を吊り上げる。

そして白に至っては、装備の最終確認をしながら姿勢を低くした。

よし、準備は整った。

一気に奥まで行って、人攫いして帰る。以上。

滅茶苦茶雑な作戦、とにかくスピード重視。

「しゃぁぁぁ！　突入じゃぁ！　アナベル、狼煙《のろし》を上げろぉぉ！」

「はいっ！　〝ダイヤモンドダスト〟、〝ホワイトアウト〟！　それから、バフ魔法全開です！」

アナベルが魔法を行使した瞬間、俺達は一斉に走り出す。

体勢を低くし草木に身を隠しながらも、一直線に入り口へと向かった。

見張り連中は……アナベルの魔法に驚いて、周囲をキョロキョロと見回しているようだが。

いきなり辺り一面が真っ白になったら、そりゃ驚くだろう。

しかし俺達の声に、事態はある程度把握出来たらしく。

「て、敵襲――」

「はいちょっと黙ろうか〜」

叫ぼうとした彼に、西田の容赦ない膝蹴りが顔面を襲う。

アレは痛い、痛いどころではない。

ゴロゴロと吹っ飛んで行ったし。

鎧を着ていたから死にはしないだろうが、とてもじゃないが絶対に食らいたくない一撃だ。

そして次に、勢いを乗せたままウチのパワータッグが玄関の扉に向かって突っ込んでいき。

「いくよアイリさん！」

「了解！　せーのぉぉ！」

「「ノックしてもしもーし！」」

その掛け声は、如何《いかん》せん如何《いか》がなものかと思うのだが。まぁ、それは良いか。

二人は凍ったドデカい正面扉を、見事なまでに拳で吹っ飛ばした。

中島がコソッと侵入した時とは大違いだ。

ズドォンと大きな音を立てながら、お高そうな大扉が根本から砕けて建物内へと転がっていく。

もはや完全に悪役の登場である。

「未だ笛が聞こえます、案内いたします！」

「しゃぁぁ！　聖女様搔っ攫うぞ！」

もはや勢いだけに任せ、俺達は南の後に続くのであった。

だぁくそ、本格的に雪が降って来やがった。

今から室内だからまだマシだが、帰りは覚悟しておいた方が良いなこりゃ。

「エル……ねぇ、何があったの？」

不安そうな声を上げるノアが、俺の肩を掴みながら正面の光景を見つめていた。

そこには非常に厳しい視線を向けるクーアさんと、無表情のまま戦闘準備をしているノイン。

「それだけは許可出来ません。リーダーであるキタヤマ様と院長であるナカジマ様もいらっしゃらない今、私は悪食と孤児院の全権を預かっています。今すぐ武装を解除しなさい」

クーアさんからお説教を貰っているというのに、ノインは返事もせず準備を進めていく。

ギルドであった一件、この国のお姫様がウォーカーに対して頭を下げるという異常事態。

数多くのウォーカーが戦闘に参加する事を表明し、俺達悪食も当然……と言いたい所なのだが、些か数が足りない。

それどころか、今居る戦闘メンバーで成人しているのなんてノインくらいだ。

「聞いているのですか？　ノイン。戦争に参加するなど、許可しないと言っているのです。今戦闘員は他に居ないのですよ？　貴方だけ戦地に向かった所でどうなると言うのですか？　いくら成人しているからとはいえ、私達から見ればまだまだ子供です。普段の狩りとは違うんですよ？　人同士の争いになど踏み込むべきではありません。皆様がもしもこの場に居れば、絶対に許すはずがありません」

「皆がこの場に居ないから、俺が行くんだよシスター。王族が俺達みたいなのに頭下げて、力を貸してくれって言ってんだ。その声にウォーカーの皆は答えようとしてる。そんでもって、俺もウォーカーだからさ。悪食から誰も参加しねぇなんて話になったら、後で笑われるだろ？」

ハハッと軽い口調でノインが言い放った瞬間、パァン！　と音を立てながらシスターの掌が彼の頬を叩いた。

その瞳に、涙を浮かべながら。

「笑う人間が居れば笑わせておけば良いんです！　貴方《あなた》の様な若い子に戦争を強要する様な馬鹿は放っておきなさい！　体裁や名誉の為に死ぬつもりですか⁉　絶対に許しませんよ！　私達は貴方を戦場で散らせる為に育てて来た訳ではありません！　戦闘技術だって、生き抜いて欲しいから学ばせているだけです！」

ここまで本気で怒っているシスターを、初めて見たかもしれない。

心配されている、大事にされているからこそ怒鳴られている。

それはノインにも分かっているらしく、困った様に笑いながらも真っすぐとクーアさんの瞳を見つめていた。

「実際さ、体裁とか名誉ってのはどうでも良いんだ。でもアイツ等なら、こんな時に逃げ出すって選択はしない気がする。リーダー達なら、絶対に戦おうとする筈だ。そういう背中に憧れて、俺はウォーカーやってる訳だし。それに今回は本気でヤバイ戦争になるみたいだからさ……俺は、ココを守りたいから戦うんだよ。だからごめん、クーアさん。今だけは逆らわせて貰うよ」

「ノイン！」

そんな事を言い放ったノインは、その場から一気に加速して外へ飛び出して行ってしまう。

元々戦闘員ではないクーアさんには、彼を止める力どころか反応すら出来ず。

更には周りで隠れながら状況を見守っていた子供達も、ノインが何処へ向かおうとしているのか、どういう結果になるのか予想出来ていたらしく。

皆泣きながら彼の事を追いかけようとしていた。

だってノインは、悪食の子供組からすればリーダーなのだ。

その彼が居なくなってしまうかもしれないという恐怖を、雰囲気で感じ取ったのだろう。

とはいえ流石に皆まで戦地に向かわせる訳にはいかず、正面に回って道を塞いでみれば。

「ごめんエル！　そっちよろしくね！」

「ノア？」

何を考えているのか、ノアまでもが外に飛び出して行ってしまったではないか。

でっかい魔女帽子は被っているから、街中で騒ぎになるという事は無さそうだが……。

「私が追いかけて連れ戻して来ます……皆、お部屋に戻って？　良い子で待っていて下さいね」

涙を拭いながら、二人の後を追おうとするシスター。

まぁ、こうなるだろうとは思っていたけど。

でも俺だって、ノインの気持ちが分からない訳じゃないんだ。

戦えるからこそ、その地に立てる資格があるからこそ。

〝守る〟為に戦いたい、それは多分皆一緒だ。

「クーアさん、俺が行くよ」

「エル？　貴方まで何を……」

「俺の方が、足速いし。連れ戻すんでしょ？」

言い放ってみれば、彼女は少しだけ悩む様な仕草を見せた後、ゆっくりと頷いてくれた。

「では、お願いします。エル、二人を連れ戻して下さい……私の足では、追い付かないでしょうから」

「了解、シスター」

それだけ言って外へと歩き出し、後ろ手に玄関をしっかりと閉じた。

多分二人は、特にノインは……いくら言っても、大人しく帰って来る事なんて絶対に無い。

ごめん、クーアさん。

後でいっぱい怒られるから、今だけは我を通させて下さい。

心の中で謝ってから、俺は武器庫へと足を向けた。

※※※

雪が降り始めたその夜、多くのウォーカー達が国の門の前に集まっていた。

カイルさん曰く、以前の防衛戦とは比べ物にならない程の人数だそうだ。

王族からの命令なのだから従うほかない……という事は、今回に限っては無かったのだが。

それでも、逃げ出したウォーカーの数は思いの外少なかった。

「ノイン、マジでお前も逃げて良いんだぜ？　無理だけはすんな」

「冗談止めて下さい、カイルさん。悪食から誰も参加しない、なんて事になったら後で聞こえが悪いでしょ?」

チビ達は皆泣き出すし、クーアさんは必死に俺を止めようとして来るし。

正直、帰った後に何を言われるか分かったものではない。

でも、戦闘に参加出来るのは俺だけだ。

まさか成人していない子供達を連れて来る訳にもいかず、治癒魔法が使えるからと言ってシスターを戦場に連れて来る訳にもいかない。

今孤児院には〝悪食〟の戦闘メンツが居ないんだ。

普段ならずっと滞在しているナカジマさんでさえ、今回ばかりは皆と一緒に遠征してしまっている程。

それくらい重要な依頼だったのだろう、ホント……タイミングが悪い。

だからこそ、俺だけでも参加しないと。

後になって「悪食からは誰も来なかった、腰抜けだ」などと言われてみろ。

多分俺は、というか子供達もその軽口の一つでさえ許せないと思う。

〝悪食〟を馬鹿にされたくない。

アイツ等の大きな背中に憧れる事はあっても、後ろ指を指される様な事だけあって欲しくない。

そして何より、戦う事が出来るのに、守る為の戦闘に参加しない理由が無いってもんだ。

そう思って飛び出して来た訳だが、意外な人物が付いて来てしまった。

「いいのか?　ノア。多分コレ、負け戦だぜ」

「一人で送り出したら帰って来なそうな顔をしてた人に何を言われようと、ボクは帰らないからね？　大丈夫、ずっとノインの傍に居るから。そうすればノインは〝死ねない〟でしょ？」

ハハッ、言ってくれる。

こりゃマジで死ぬ訳にいかなくなってしまった。

周りの奴等にバレない様に、より一層魔女帽子を深く被り直すノア。

彼女のバフ効果は、正直他の魔法とは比較にならない。

他の術師が多種類のバフを一つ一つ使っている所を、彼女の魔法はその全てを一遍に強化する。

しかも、能力の向上具合も普通の魔法とは桁違いだ。

だからこそ、ありがたい事ではあるが……。

「わりぃ、ホント。俺だけで大丈夫だって言えれば良かったんだけど」

「謝る必要なんてないよ、ボクはボクの出来る事をするだけだから。それに〝悪食〟は一人で名乗るモノじゃないでしょ？」

ふにゃっと表情を崩す彼女の帽子に手を置いて、改めて気持ちを引き締める。

死んでなんかやるもんか。

俺達は、この先悪食を継ぐんだ。

こんな所で、躓《つまづ》いている場合じゃない。そう覚悟を決めたその瞬間。

「な、なんだありゃぁ!?」

ウォーカーの誰かが、叫び声を上げながら空を指さした。

その先にあるのは、夜空と雪雲……だった筈なのに。

一瞬何の事を言っているのか分からなかった、しかし良く眼を凝らしてみれば。

「鳥の魔獣？」

「何だよ、あの数」

暗い夜空には随分と大量の影が飛んでいた。

まだ遠いからこそまるで虫の大群の様に見える、だがそれくらいに多いのだ。

誰もがポカンと上空を見上げる中、事態は動きだした。

「全軍進めぇ！　防衛部隊は特に気合いを入れろ！　遠距離部隊も前へ！　一匹残らず撃ち落とせぇぇぇ！」

今回もまた前線に出張っているらしい王様が、門の上から大声を上げた。

何やってるんだこの国の王様は。

そんな所に居たら、下手したら真っ先に死んじまうかもしれないのに。

とはいえ、前回の防衛戦での話とは随分と印象が違う様だが……。

「ノイン……あの人、死ぬつもりだ」

「え？　あの人って、王様の事か？」

「うん。あぁいう人、いっぱい見て来た。あの人は、死ぬつもりでこの場に立ってる」

いやいやいや、王様だぞ？　王様って言ったら、後ろで踏ん反り返っているのが普通だろう。

だというのにあの人は死を厭わないつもりで、前線に立っているのか？

嘘だろ？　この国の王様って、あんまり良い噂聞かなかったんだが。

もしかして、噂と本物は全く別物ってか？

などと考えている内に、兵士が一番前を走り出す。

大盾と槍を構える奴等に騎乗兵、その後ろで魔術師や弓兵が武器を構える。

そして俺達、ウォーカーは更に後ろに配置されていた。

「はなてぇぇぇ！」

王様の声と共に、一斉に魔法と矢が夜空に向かって飛んでいった。

まるで雨の様だと言って差し支えないだろう、ただし地上から上空へと向かっていく訳だが。

「こりゃまた……今回は王様も随分とやる気じゃねぇか」

「ハッ、前回とは大違いだな」

なんて言葉を洩らすカイルさんとギルさんが、ボトボトと落ちてくる魔獣達を眺めている。

すっご……コレだけ兵士が揃ってれば、俺達とか必要なく勝てちゃうんじゃ……。

しかし、此方もいつでも動ける様に準備だけはしておかないと。

「さて、下からも来たみてぇだぞ」

カイルさんの言葉に従い、視線を下ろしてみれば。

そこには、森から大量の魔獣達と共に……人が出て来た。

え、人？

「やぁやぁ諸君！　どうかな私の魔獣部隊は！」

よく分からん大声を上げる先頭の奴が、馬車の上に立っている。

なんだアイツ、アホなのだろうか。

何故馬車の屋根に上る必要がある、恰好の的になるぞ。

周りのウォーカー達も、不審げに馬鹿でかい声を上げる男に目を凝らしていると。

「盾、槍、構えぇぇ！」

指示と共に、一斉に武器を構える兵士達。

普通なら鼠一匹通れそうに無い程、きっちりと整列している。

だというのに、相手は悠然とそのまま馬車を走らせて来るではないか。

「酷いではありませんか父上、実の息子に武器を向けるのですか？」

「愚か者が！　貴様自分が何をしているのか分かっているのか⁉　コレ以上我々の罪を重ねるでない！」

なんか、始まってしまった。

えっと、待って？　という事は、今目の前に居るのって王子？

馬車や周りの連中は〝教会〟の人間っぽく見えるんだけど……マジで教会と国との戦争？

そんでもって、王子は何やってんのよ。

「まぁ、今更ゆっくりと話している時間もありませんからね。行け！　〝魔獣共〟！　全てを食い散らかせ！」

事態に付いていけぬまま、ポカンと彼等の事を眺めていれば。

周りに居た魔獣達が一斉にこちらへ向かって走り始めた。

くそ、こっからが本番ってか。

マジで意味分かんねぇけど、とにかく王子様は敵になったって事で良いらしい。

「っしゃ！　俺達も出番だ！」

「稼ぎ時だ！　お前等気合い入れろ！」

カイルさんとギルさんの声に、ウォーカー達が雄叫びを上げる。

とはいえ、目の前には兵士達が居るのですぐさま飛び出せる状況ではないが。

なんて事を考えた、その時だった。

「ぐっ⁉　あがぁっ！」

一人、また一人と兵士達が倒れていく。

おいおいおいおい、今度は何が起きた⁉

誰しも混乱しながら、周りを見回していれば。

「アムスゥ！　貴様何をしたぁぁ⁉」

「ハハハハハッ！　武具の管理はもっと厳重にするべきですよ父上！」

また、アイツが何かをしているらしい。

ノアが近くの兵士の下へ走り寄って、状態を確認してみれば。

「これ、デバフだ。それも麻痺性の状態異常！　死ぬ程じゃないけど、このまま戦うのは無理！」

「だぁくそ、マジかよ！　バタバタ人が倒れてる所で戦うのか俺等⁉」

もう、すぐそこまで敵は迫っているのだ。

俺等が兵士達を踏みつぶしながら前に出れば、怪我人どころでは済まないだろう。

だがご丁寧に倒れている者達を避けながら進めば、獣の方が早くコチラに到着するのは目に見えている。

くそっ、なんで初手からこんなに――

「〝光剣〟！」

目の前を、光が埋め尽くした。

夜だというのに、まるで太陽の光の様な輝きが先頭の魔獣達を包み込んでいく。

「しばらく俺が時間を稼ぎます！　ウォーカーの皆さんは戦闘準備をお願いします！」

一人の男が、俺達全員を飛び越えて一番前へと降り立った。

人間に、あんな跳躍が可能なのか？

しかもさっきの魔法、一発で数十体の魔獣を片づけた。

もしかして、アイツ……あの〝勇者〟か？　前にウチのホームで必死に土下座していた人物。

それと同一人物だとはとても思えない程勇敢な姿。

などと考えながら、前ばかりを眺めていた時。

「パーティ、〝戦風〟の皆様とお見受けします」

急に隣から声が掛けられた。

近くに居たウォーカー達は、皆ビクッと反応してから声の主に視線を向けると、そこにはあまりにも戦場と似つかわしくないドレス姿のお姫様と、更に。

「ハツミさん？」

「やぁ、お待たせ。ノイン達も来てたんだね……」

スッと目を細めながら、悪食メンバーのハツミさんが姫様と共に立っていた。

マジで、本当に。いったい何がどうなっているんだ？

「〝戦風〟を中心とし、ウォーカーの皆様に指示を出して欲しいのです。お願い出来ますか？」

「オイオイ、俺はそういうの苦手だぞ……戦い始めると、細かい指示を出す程頭が回らねぇんだ」

「ご心配なく、私が〝視ながら〟指示を出します。それを、貴方がウォーカーの皆様に伝えて頂ければ大丈夫です。私の声では、皆様が動いてくれるか分かりませんから」

「お、おう？　まぁ王族の命令は断れねぇが……」

「いえ、これは〝お願い〟です。命令は致しませんわ」

そんなやり取りを交わしながら、カイルさんと姫様が並んで正面を睨んだ。

ある種諦めたようなため息を一つ溢し、静かに息を吸い込んだ戦風のリーダー。

「まぁ……考えたって仕方ねぇ。行くぞお前等！　注意は促してくれるらしいから、俺の声が聞こえたらそっちを警戒しろ！」

カイルさんの大声を聞いてから、皆が走り出す。

依然として、目の前には地に伏せている兵士達が居る訳だが……。

「柴田《しばた》！　〝勇者〟なら敵と戦いながらでもコッチに手を貸せ！　道を頼む！」

「了解！　任せろ！　〝エアーハイク〟！」

ハツミさんの声に答える勇者が、後方に向けて掌を向けてみれば。

こっちから彼の下まで、突如〝光の道〟が出現した。

その道は地に伏せた兵士達の上に構成されており、この上を渡ってこいと言わんばかり。

よく見てみれば、実際には道ではなく金色に輝く魔法陣の集合体。

だが、数が異常だ。

これ程大量の魔法を一遍に使うなんて、普通じゃ出来ない。

アナベルさんだって、瞬時にはこんな芸当出来ないだろう。

ホント、なんなんだアイツは。

そんで、あんな化け物に腕一本失っても勝ちをもぎ取ったウチのリーダーは、いったい何なんだ。

本当に人間かよ？

「しゃぁ！　テメェ等！　突っ込むぞぉ！」

「「「うおおぉぉぉぉ‼」」」

雄叫びを上げながら、俺達ウォーカーは前線へと突っ込んでいく。

そんな中、走り出す俺達に小さな呟きが耳に届いた。

「ご武運を、無茶だけはしないで下さいませ。幼き〝悪食のお三方〟、無名の英雄を継ぐのでしょう？　であれば、生きて帰って来て下さい」

そう言って、王女様とハツミさんは〝影〟に消えた。

お三方？　ハツミさんも含めてって事か？

はて、と首を傾げながらも俺達は皆に続いて光の道を突き進むのであった。

※※※

「陛下！　ご報告いたします！」

兵達の多くが倒れ、勇者様の活躍によりウォーカー達が前線へと飛び出した後。

我々騎士団は、戦況の報告へと走った。

「お主達は……確か」

「エドワード・タルマと申します。国直属ではありませんが、陛下に認められ騎士団を一つ預かっている身にございます」

我が国の王の前で膝を折り、頭を垂れてみれば、相手からは早くしろと言わんばかりの雰囲気がピリピリと伝わって来る。

状況が状況なので気持ちは分かるが、こうしないといけない立場にあるのが私達というもの。

職業軍人の様な形ではあるが、上位者のたった一言で簡単に吹き飛んでしまう程度の存在なのだから。

ましてや、相手が王ともなれば余計に。

「改めて御報告いたします、現在地に伏せているのは全て国直属の兵士や騎士達。王子が仰っていた様に、国が管理する武器庫の装備を使っている者達の様です。それ以外の、我々の様な招集された騎士団の者は皆無事。今はウォーカー達が正面を押さえてくれていますが、倒れた兵達が邪魔になるかと考え、他の騎士団と協力し武具を脱がす作業を執り行っております」

「良くやってくれた、エドワード。しかしこのままでは装備が……動ける騎士達は後どれくらい居る？」

「ウォーカーを省き、兵と騎士のみを考えれば……おそらく最初期の人数の二割に満たないかと」

報告してみれば、クソッ！　と大きな声を上げながら地面を踏み締める王様。

陛下が指揮を執るなど、本来はあり得ない事。

だからこそ、こういった緊急の状況には慣れていないとは想像していたが……。

そうは言っても、この有様だ。

普段から戦闘指揮を行っている凄腕だとしても、流石にこの事態は想像さえ出来ない事だろう。

何たって、攻撃前から全体の八割近くを無力化されてしまったのだから。

「陛下、今から国の所有する武具を集めた所で間に合いません。更に、そちらにも同じ仕掛けが施されている可能性がございます」

「分かっておる！　そして武器が無い兵を戦場に向かわせる事など出来ない事も理解している！しかしこのままでは……クソッ！　何か手は無いか」

焦りながらも悔しそうに、ギリッと奥歯を噛みしめる陛下。

その言葉を聞き、静かに呼吸を整えた。

これから俺は、とんでもない提案をしようとしているのだから。

とてもではないが……一度認めて貰った身分とは言え、そこら中に居る騎士の一人が口にしてはいけない言葉を。

「ご提案がございます」

「……申してみよ」

ふぅぅと静かに息を吐き出してから、頭を垂れたまま一気に言葉を紡ぐ。

どうせ駄目元なのだ、お叱りの言葉を貰う前に全て喋ってしまえ。

「街中にはかなりの数の武器屋、鍛冶屋があります。残る無事な者達を使って、人数分の武具を端から借りて来るべきかと。当然その様な真似をすれば、陛下の名に傷を付ける事になりましょう。しかし今は、戦える人間を一人でも多く増やす事が先決です。いつまでもウォーカー達だけで押さえきれるとは思えない数が攻めて来ております故、我々も前線に参加すべきですが……あまりにも数が少ない。ならば、倒れ伏した仲間達にもう一度武器を与え盤面を戻す事が最善かと提案いたします」

要は陛下自らが失敗を認め、更には市民に現状の戦果を公表する形になる上、武具を扱う店の面々に頭を下げて「貸してくれ」と頼み込めと言っているのだ。

本来この様な提案をすれば、ふざけているのかとその場で首を落とされても文句は言えない。

何たって貴族や王族にとっての〝評価〟というものは、直接その人の存在価値に直結する程に大切なモノなのだから。

「エドワード・タルマと言ったな？」

「はっ」

低い声で名を呼ばれ、思わずビクッと肩を震わせてしまったが、王は此方へと静かに歩み寄り。

「面《おもて》を上げよ。そして、コレを持って行け」

顔を上げてみればそこには、王家の紋章が入った指輪を差し出している陛下の姿が。

「急に店にある武具を全て貸せと言っても、断られるのが目に見えておる。ソレを使って、王の命令だと言えば嫌とは言うまいさ。渋る様なら、後に全て買い取ると言ってしまえ。今はただ〝厄災〟を退ける為に、この権力の全てを使おう。頼む、エドワード。お前の騎士団に、この役目を託したい。急いでくれ」

「……はっ！　この命に代えても！」

陛下から指輪を受け取り、その場からすぐに飛び出した。

急げ、急げ！　戦況は今も動いているのだから。

俺の見ていない所でも、戦っている者達が居るのだから。

「我が騎士団員に通達！　今から街に戻り、全員分の武具を調達する！　倒れている者の武装解除は他の騎士団に任せろ！　行くぞぉ！」

「「「了解っ！」」」

部下達を引きつれ、未だ激戦がくり広げられている戦場に背中を向けた。

本来許される行為ではない。

傍から見れば、ウチの騎士団だけ敵前逃亡したかの様に見えるかもしれない。

だが……知った事か。

後で何を言われようと、笑われる騎士団に成り下がろうと。

その〝後で〟が無ければ、明日を勝ち取らなければ、我々は揃ってこの大地に眠る事になるのだから。

我々は王宮騎士団の様に、皆から憧れを向けられる存在にはなれないかもしれない。

そこら中に居る騎士の一人と、戦場から逃げた騎士と罵られるかもしれない。

だが、しかし。

「騎士とは、民を守り人々を希望で照らす。そんな崇高な存在だった筈だ！　ならば泥を被ろうと、笑われようと。我々は勝つために動くぞ！　全ては人々を守る為に、外聞や見栄など捨て置け！　我等はこの国の、〝守る為の剣〟だ！」

「「「うぉぉぉ！」」」

頼もしい部下達からの声に背中を押されながら、俺達は戦場を離れ街中へと駆けこんだ。

ここからは本当に一分一秒が惜しい。

馬車を借りて来る者達と、武器屋を巡る者達に隊を分け、俺は陛下から預かった指輪を使って保証を約束する交渉役。

何とも、コレが騎士のやる事かと自分でも思ってしまうが。

それでも、愚直なやり方しか出来ない俺を〝嫌いじゃない〟と言ってくれたウォーカーが居たのだ。

真っすぐぶつかって、正面から殴り合ってくれた馬鹿が居たのだ。

ならば俺は俺のまま、俺のやり方で騎士を名乗ろうではないか。

「戦場には居なかった様だが……キタヤマ、お前は今何処で何をしてんだ」

あの黒鎧共が、戦場から逃げたとは考えにくい。

奴等も何処かで、我々の目に見えない所で戦っているのだろう。

ならば、〝こちら側〟は我々でどうにかしなくては。

こんな間抜けな敗因で我々が敗れたと知れたら、多分アイツ等は腹を抱えて笑う事だろう。

もしくは、またぶん殴られるのだろうか？

騎士の癖に、何故守ってやらないのかと。

「進め進めぇ！　次の武器屋は何処だ！」

「団長！　次の角を曲がったところに、防具の専門店が！」

「突撃ぃぃ！　頭を下げて全て貸して貰うぞ！」

俺達はその後も武具を集めては戦場に運ぶと言う地味な作業を、ひたすらに繰り返す。

誰かがやらなければいけないのなら、誰がやったって良い筈だ。

ソレがたとえ、騎士と呼ばれる存在であろうと。

今日だけは運送屋になってやろうではないか。

# 【第五章】★ 裏と表

「おやおや、もう息が上がっているのか？　若いのに情けない」

「そちらこそ、お歳を召している割に随分と落ち着きがないのですね。若い女性を攫って利用し、他力本願で国に喧嘩を売るとは……いやはやどうしようもない。ろくな人生経験をしておられないのでしょう、嘆かわしい以外の言葉が浮かびません」

「餓鬼が……」

「おや、この歳で子供扱いされるとは思ってもみませんでした。嬉しいモノですね、私もまだまだ若いという事でしょうか」

軽口を叩けば、相手からは至極単調な魔法が飛んでくる。

それをどうにか回避してはいるが……やはり体が重い。

バフやデバフの悪い所は、好きなタイミングで魔法を解除出来ない事。

一度魔法を使うとしばらく効果は続き、時間と共に効力は消滅する。

もちろんどれくらいの時間魔法を掛ける、という大雑把な調整は出来るが……私はまだそこまで器用に使いこなせない。

私程度の術者となれば、魔法を掛けてから二～三分程度で解けてしまう効力なのだが、隠れる為に連続で魔法を使用していた。

しかもタイミングの悪い事に、追加を掛けた瞬間このご老体に見つかるという。

そして戦場での数分とは、非常に長い。

「フンッ、こんな所まで忍び込んでくるからどれ程の腕前かと思えば……てんで駄目ではないか。隠れる事が得意なだけの鼠か」

「その鼠に踊らされる気分は如何ですか？　猫の手でも借りては如何でしょう」

「どこまでも口の減らない男だ！」

おっと、少しばかり煽り過ぎてしまっただろうか。

ご老体は天井へと杖を向け、今まで以上に大きな魔法陣が展開していく。

流石に広範囲魔法なんて使われると不味い。

逃げ回れるスペースもそこまで無い上、こちらはデバフ効果で防御力も低下中。

何と言うんだったか……そうだ、〝紙装甲〟というヤツだ。

なんて、どうでも良い事を考えながら相手を睨んでいると。

「司教様！」

「遅い！　何をしていた！」

良くない事に、更に敵が増えてしまった。

奥の扉から続々と現れる教会の人間達。

範囲魔法でも危険だというのに、この数に一斉に襲われたらと考えると。

「ホレ小僧、避けてみよ」

ニヤッと口元を吊り上げたご老体が、こちらに杖を向けたと同時に放たれる光。

くそっ……コレばかりは避けられない。なんて、思っていたのに。

「中島さんお待たせ！　僕の後ろに！」

「ハッ！　コレだけ人数が揃っていてこの程度ですか、笑わせてくれますね！」

頼もしい声が、私の前に飛び出して来た。

東さんが大盾で魔法を防ぎ、その肩に乗ったアナベルさんが続けざまに反撃の魔法を放つ。

その一撃で、半分以上の信徒達がその場に倒れ伏した。

まだまだ続々と出て来そうな雰囲気はあるのだが……それでも、戦況がガラリと変わった事だけは確かだろう。

それこそ、〝ひっくり返った〟と言って良い程に。

「よう中島、悪かったな。遅くなった、無事か？」

そんなこんなしている内に、後ろからリーダーに肩を叩かれる。

全くこの人達は本当に、何処までも良いタイミングで現れるものだ。

そして、思っていた以上にずっと早い到着だった。

「待っていました、リーダー。この通り無事です、怪我もありませんよ。それから、丁度デバフが解けた所です」

「そりゃ何よりだ。んじゃ、一緒に大暴れするとしますか」

「ですね。先程まで散々チマチマといじめられていたので」

さて、ここからだ。

私も動けるようになったし、何より悪食メンバーが全員ココまでたどり着いたのだから。

後は更に奥へ、彼等が隠しているであろうモノがある場所へと向かうだけだ。

目の前の有象無象をぶっ飛ばしながら。

「さぁて、それじゃ殺さない程度に暴れますか……って、アレ？　え、ちょっと⁉　ねぇあの人逃げた！」

アイリさんが気合十分に前に飛び出した瞬間、残った信徒達が壁になるかの様に正面に並び立ち、偉そうなご老体は後方へ向かって全力ダッシュ。

清々しい程に……クズだ。

「はぁぁ……あんなのに翻弄されていた自分を思い出すと、悲しくなりますね」

「ま、向こうに何かあるって分かっただけでも十分だろ。追うぞ」

全員が全員武器を構え、静かに腰を落とす。

「ご主人様。〝殺さない〟程度であれば、構いませんね」

「おう、怪我する事くらいコイツ等も覚悟の上だろうからな。遠慮なく〝ぶっ飛ばせ〟」

「教会の人は治癒魔法が得意、多分。だから問題ない、頭と胴体以外をぶち抜く」

「白ちゃんの言う通りだ。手足の腱とか切られても、文句言うんじゃねぇぞお前等？」

「だねぇ。元々自分達から売った喧嘩なんだから、容赦して貰えるとは思ってないでしょ」

誰しも非常に物騒な事を言いながら、走り出した。

もう少しだ。

立場が上の人間が滞在しており、慌てて逃げ込む先があるのだ。

おそらく、この先に〝聖女〟が居る。

私も北山さん同様、主人公や英雄を気取るつもりは無い。

しかし、だ。

やはり若い子達を悪い道に進ませる、または巻き込む連中は非常に気に食わない。

私は〝先生〟になりたかったのだ。

子供達や若い子達を導き、道を示す存在になりたかった。

だからこそ、こういう大人達は何処までも虫唾《むしず》が走る。

私の我儘であり、傲慢な考え。

でもその願いを、〝悪食〟は叶えてくれる。

こんな私が掲げる〝綺麗事〟を、現実のモノに変えようと共に努力してくれる。

「勇者君の周りの連中もそうですが……未来ある若者を大人達が好き勝手するのは、些か目に余りますよ？」

とりあえず、一人目。

目の前の敵に、勢いをつけた膝蹴りを叩き込んだ。

※※※

「カイル様！　三時の方角より魔獣の増援！　大型です！」

「てめぇ等！　右から獣の群れだ！　でけぇのが来るらしいから、腕に自信のある奴はソッチに向かえぇ！」

真っ黒い服に包まれた嬢ちゃん、ハツミって言ったか。

旦那の所でチラッと見た事がある。

その女の子に抱えられた姫様が、〝見えてもいない〟敵の位置を俺に毎度伝えてくるではないか。

しかもその後にはちゃんと相手がやってくるのだ。

まるで、本当に未来が見えているかのように。

「コイツはすげぇな……」

負けていられないとばかりに大剣を振り回せば、周囲からは血飛沫が舞う。

もう何でもありだ。

武器がぶっ壊れるんじゃねぇかと思える程、振り回せば当然の様に当たる。

少し前に、百を超える魔獣に旦那とニシダが飛び込んだ光景を見たが。

あの時もこんな気分だったのだろうか？　とはいえ、今回は周囲に味方が居る上に大人数。

アレに比べれば、安心感は段違いだろうが。

「ハハッ！　これを数人で相手したんなら、確かに旦那は〝デッドライン〟だわな！」

「ホントその通りだよ全く！　だぁクソ！　休む暇がねぇ！」

大剣を振り回す俺の近くには、盛大に炎を放っているギル。

そして更に、ウチのパーティメンバーが暴れ回っていた。

「これ数人でこなすとか人間じゃない！　やっぱり悪食は頭おかしい！」

「マジで地獄過ぎんだろ！　弓兵には無理だって！」

ポアルとリィリが叫びながらも必死で動き回っていた。

というか、動かないと齧られる。

俺達はウォーカーの中でも最前線、一番魔獣が密集している所に来ている以上仕方がないが。

「まとめるぞい！　巻き込まれんように注意しろ！」

術師のザズが声を上げた瞬間、炎の壁が両サイドから迫って来た。

その炎に呑まれれば焼け死に、逃れようと走れば中央に集まる事になる。

すると、このタイミングを待っていたかの様に動く奴が一人。

「柴田！」

「おうよ！　〝光剣〟！」

勇者様の一撃で、大量の魔獣が消し炭になるって訳だ。

いけすかねぇ、勝手ばっかりしやがるクソガキ。

なんて思っていたが、仲間になるとここまで頼もしいのか。

末恐ろしいもんだぜ、全く。

「視界が開けた！　このまま大将を落とす！」

勇者の言う通り一直線に道が開き、相手方の大将が視界の先には見えている。

この国の王子、随分とニヤけ面でこちらを眺めているが。

相手に対して勇者は剣を腰だめに構え、魔力を集めているのか刀身が輝き始めた。

「待って下さい！　その〝未来〟には良くないモノが見える！　今攻撃しては――」

「〝一閃〟！」

王女様の声が周りの音に掻き消されてしまったのか、勇者はそのまま剣を振りぬいた。

今までとは違う鋭く細い光、それが相手の大将へと向かって伸びていくが……。

「やれやれ、やはり〝勇者〟とはいえ若造。手の内が晒されている相手に、何処までも真っすぐ向かってくる。愚かだなぁ……〝異世界人〟。何故現地の人間、我々がお前達より優れていると考えないのか」

やけに耳に残る声を上げながら、彼は盾を構えた。

アレは……盾なのだろうか？　盾の形はしているが、まるで鏡。

それこそ、目の前に立てば自分の姿が映りそうな程だ。

そんなモノを正面に構え、彼は更に口元を吊り上げた。

なんか、不味い気がする。そう思った次の瞬間。

「あぁぁぁぁ！　クソッ！　いってぇぇ！」

すぐ近くに立っていた勇者が、片腕を押さえて転げ回った。

いや違う。

押さえている方の片腕が、無いのだ。

「本当に何も学ばないな、若い〝勇者〟は。だからこそ扱いやすくはあるのだろうけど。ホラ、魔獣の追加だ。どうする？　勇者様」

彼がチョイと指を振れば、再びそこら中から首輪を付けた魔獣が駆け出して来た。

不味いな、後どれだけ居るんだよ。

流石にこっちも手が足りなくなって来たぞ。

「だぁくそっ、リィリ！　ポアル！　少し頼む！　ザズはこっち来い！　勇者の応急処置だ！」

「儂は無理やり血を止めるくらいしか出来んぞ⁉　下手したら繋がらなくなる！」

「だとしても、だよ！　このままじゃ死ぬ！」

叫びながらザズに治癒魔法を頼み、此方は痛み止めの飲み薬を無理矢理勇者の口に突っ込んだ。

「柴田！　大丈夫か⁉　一旦治療の為に後退を――」

「ぷはっ！　いい！　どうせ吹っ飛んだ腕も魔獣に喰われた！　今出来る事っつったら止血くらいだ！　ソレもこの人達にやって貰った！　だからお前は姫様を守れ！　姫様の〝未来予知〟が無いと、すぐに崩れる！」

そう言いながら勇者は千切れた腕の根元にベルトを巻き付け、口でグッと引っ張って未だ溢れる血液を完全に止めた。

痛みに耐えているのであろう、ボロボロと涙を溢しながらも片手で剣を取る少年。

その姿は、前の防衛戦に居たクソガキとは天と地程も差が有る様に感じられた。

「ハッ、頑張るじゃねぇか。勇者様よ」

「俺も、男なんで。アイツ等が、悪食が望を取り返してくれるってんなら、俺はこっちで頑張んないと。でも……だぁくそ！　いってぇぇ！」

欠損による痛みに涙を溢しながらも、未だ剣を握る勇者。

痛みによるものか、恐怖によるものか、その体は随分と震えているが。

この姿を見て、誰が笑えるだろうか？

誰が彼の事を罵倒出来るだろうか？

今までの経緯で、恨みはするかもしれない。

でも今この瞬間だけは、間違いなく彼は〝勇者〟だった。

「あの盾、前の亀の素材か何かで作ったのか……？　うし、アレは俺達でどうにかぶっ壊すぞ」

そうすれば、また勇者の魔法が使える。

むしろあの魔法が無いと絶対的に手が足りない。

なんて事を思った、その時だった。

「どぉぉらぁぁぁ！　人の縄張りに入っておいて、タダで済むと思ってんじゃねぇぞぉ⁉」

原住民みたいなのが、急に飛び出して来た。

「ガァラ⁉」

未だ魔獣の増援が湧き出して来る森の中から、大剣を軽々と振り回すライオン顔のソイツが飛び出して来たではないか。

しかも、あの集落に居た若い面々も一緒に武器を掲げて。

そういえばアイツ等も森の中に住んでるんだもんな……。

「カイルか⁉　何だコイツ等は！　ウジャウジャウジャウジャウジャと鬱陶しい！　全員叩きのめせば良いのか⁉」

とんでもない事を言い放ちながら、ガァラは威嚇するかの様な大声を上げている。

それはもう、まさに肉食獣かって程の雄叫びを。

ただし、彼の威嚇の矛先は人間にも向いている様だが。

「とりあえず敵は魔獣だ！　他にも色々あるが……とにかく、鎧を着てる奴は俺の仲間だと思ってくれ！　こっち来い、手が足りねぇ！　協力しろ！　集落の奴等はどうした⁉」

「戦えねぇ奴は逃がした！　んで、貸し一つだ！　新しい縄張りの場所を教えてやるから、今後食い物でも持ってこい！」

ガルルッと唸る馬鹿デカイ頼もしい獣人が、俺と背中合わせになる様にして剣を構えた。

もはや俺達の周りは敵だらけなのだ。

そこら中から魔獣が迫って来るし、教会の連中からは魔法の攻撃が飛んで来る。

ったく、乱戦も良い所だ。

しかもコレで、こっちは圧倒的に手が足りねぇと来てる。

いよいよ不味いぜ、こりゃ……などと舌打ちを溢しながら大剣を振り抜いていると。

「うらぁ！　どうした！　こんなもんか!?」

背面を守ってくれているガァラは、まさに獣という勢いで暴れ回っていた。

俺の大剣と同じ様なサイズの刃を軽々と振り回し、空いた左腕も飛び掛かって来る魔獣をぶん殴って吹っ飛ばしていく。

「ハハッ！　負けてらんねぇな！」

ニッと口元を吊り上げてから、此方も先程以上に暴れ回っていれば。

「お待たせして申し訳ない！　前線維持ご苦労！　一番隊、進めぇぇぇ！」

もはや獣の群れに飲み込まれそうな、ごちゃごちゃした戦地に。

とんでもない大声が響き渡って来た。

振り返ってみると……なんだ、アレは。

適当に集めたみたいな、鉄鎧やら革鎧やら。

それこそ全身いろんな装備に身を包んだ連中が、此方に向かって走って来ているではないか。

「……えっと?」

「兵士一同鎧を脱ぎ捨て、陛下より新たなる武具を頂戴した! もとい、そこら中の武器屋に協力を申し込んで貸して貰った! これより、我等も戦闘に参加する! 進めぇ!」

あ、はい……思わず間抜け面を晒してしまったが、彼等は俺等を追い抜いて物凄い勢いで魔獣達を狩り始めた。

魔獣狩りは俺等の本分なんだが……見事なまでの人海戦術。

やっぱりこの国の兵士の数はやべぇな……。

「カイル、ボケッとするな! 俺達も獲物を狩るぞ!」

「お、おう!」

そんな訳で、訳の分からん恰好をした国の兵士達と共に再び前線を押し上げていくのであった。

何がどうなってんだこりゃ。

# 【第六章】★『戦え』償う為に

国の兵士達も再び戦場に復帰し、もはや人が入り乱れている状態。

何処を見ても人が居るし、兵士の装備もえらくバラバラだからウォーカーだか兵士だか分かりゃしない。

そんな中を、俺はノアを背負いながら真っすぐ走り抜けていた。

「ノイン！　どうするの⁉」

俺の首元に必死で掴まっているノアの声が、耳元から聞こえる。

戦場で何をやっているんだと言われそうな状態だが、今の俺達にとってはコレがベスト。

すぐ近くで強化魔法を使って貰える上に、俺は盾だから何かを振り回したり暴れたりする訳じゃない。

ノアを背負ったまま相手の前に飛び込み、どっしりと構えればそれで良い。

コレまでもヤバそうな奴の前に飛び出して、防ぎ薙ぎ払ってから別の場所に移動という行動を繰り返していた。

「乗り気はしねぇけど、〝勇者〟を守る！　アイツは絶対にこの戦争における切り札になる！」

「じゃぁ勇者にもボクの魔法を掛けよう！　そしたら〝勇者のバフ〟効果ももっと強くなるかも！」

「うっしゃぁ！　ソレで行くぞ！　しっかり掴まってろ！」

叫び合いながら人の間を走り抜け、魔獣を盾で殴り飛ばして、ようやく勇者やカイルさん達が見えて来た……かと思えば。

「あぶねぇ！」

勇者の後ろから迫っていた狐の魔獣を、寸前で叩き落とす事に成功した。

駆けつけたままの勢いでぶん殴った訳だから、結構な勢いでふっ飛んでいく魔獣。

その姿を見て初めてその存在に気が付いたのか、勇者が驚いた表情を浮かべているが。

「なにやってんだよ！　お前勇者だろ！　さっきの魔獣くらい……って、オイ。それ……」

彼には、片腕が無かった。

まるで以前キタヤマが受けた傷が返って来たみたいに、左腕が肘の下からバッサリ持って行かれていた。

痛みに耐えているかの様に必死で奥歯を噛みしめ、額からは脂汗がダラダラと流れている。

どうやら、集中して周囲を警戒出来る状態ではなかったらしい。

というか今すぐに下がるべきだ。

この怪我じゃ、前線で生き残れる未来なんかある訳が無い。

「す、すまん……助かった。鎧を見る限り、悪食のメンバーか？」

「あぁ、まぁ……そうだけど」

思わず視線を逸らしてしまった。

こいつはキタヤマの腕を斬り飛ばして、更にはエルの親父さんの仇。

だからこそ、クソヤロウだ。

でもこの戦争をさっさと終わらせるのなら、コイツを利用する他無い。

そんな事を考えていたというのに、何だこれは。

何故こんな怪我を負ってまで、コイツは前線に立ち続けている？

「柴田、二時の方向だ！　仲間を巻き込むなよ⁉」

「分かった！　〝光剣〟！」

随分と情けなく剣を振り下ろす勇者。

それでも魔法の威力は絶大で、数十体の魔獣を一気に消し去っていく。だがしかし。

「ハーッ！　ハーッ！　ハッ！　っぐ、あぁぁぁぁ！　痛くねぇ！　痛くねぇぞ！」

過呼吸みたいな様子になりながら、必死に痛みに耐えている。

口から出血する程歯を食いしばりながら長剣を振り回すが、片腕で振るう事に慣れていないのだろう。

これでは、魔法以外の戦闘ではまず狩られる側に回ってしまう。

コレが人類の希望？　異世界から来た勇者？　笑わせるな。

今のコイツは、ただただ必死に戦っているだけじゃないか。

生きる為に、助ける為に。

何処までも俺達と同じだ。

なら、〝利用〟するのはヤメだ。

「勇者！　攻撃だけに集中してくれ！　アンタの事は俺が守ってやる！」

「いったい、何を……」

「うっせぇ！　周りの細かいのは任せろって言ってんだよ！」

叫びながらもノアを下ろし、周囲から迫る魔獣に向かって盾を振り回す。

やはり細かいのは人の間を抜けてくる。

そして小さいヤツに対する防衛手段が、今のコイツには無い。だったら。

「俺が守るから、お前が攻撃しろ！　片腕の代わりになってやる！　ノア！」

「勇者は皆を強くするバフが使えるんでしょ!?　ソレを使って！　ボクが後押しする！」

「もう既に使ってるんだが……」

「もっと強く！　もっと本気で！　ううん、本気以上で！　誰一人死なせない為に、無理してでも絞り出して！」

「わ、分かった！」

ノアに叱咤されながら勇者はその場に剣を突き刺し、瞳を閉じた。

やがて彼の体からは金色の輝きが溢れ出し。

「うらぁぁぁぁぁ！」

叫び声と同時に、周囲には金色の光が広がって行く。

ノアが勇者の背に触れればその光はもっと強く、更に大きくなって漂い始めた。

よしっ、ノアの思惑通りいったみたいだ。

なんて口元を吊り上げていると。

「っ！　あぶねぇ！　避けろ！」

二人を挟んで、俺と反対側。

そちらから山猫の魔獣が数匹飛び掛かって来るのが見えた。

不味い、小さすぎて気付くのが遅れた。

しかも距離が空いている。

勇者のレベルならともかく、ノアは――。

そう思って冷や汗を流した瞬間、すぐ近くから人々の間をすり抜ける様に、黒いローブを頭から被った小さな影が飛び出して来た。

「シャァァァッ！」

何処かで聞いた事のある獣の様な叫び声を上げながら、ソイツは〝二本の槍〟で魔獣を全て撃ち落としてみせた。

「……おい、なんでお前がココに居る。〝エル〟」

名前を呼んでみれば、ソイツは観念したかの様にローブを脱ぎ捨てた。

中から出て来たのは、やはりウチのメンバーのエル。

コイツはまだ成人していない。

だから戦争に参加する必要も無ければ、むしろ今すぐ帰れと言いたい所なのだが。

「勇者を殺すのは俺だ、勝手に死なれちゃ困る」

随分と鋭い瞳を勇者に向けるエルに、次の言葉が思わず引っ込んだ。

全く、誰に似たのか。

放つ殺気まで何処かの誰かさんとそっくりだ。

ため息を溢しながら、お小言を言うのを諦めたところで。

「ふむ、それなりに魔獣も減って来たか？　では次の章へと移行しようか！　来い、魔人達よ！」

王子のその言葉に、背筋が凍り付いた。

今、〝魔人〟って言ったか？

思わずノアの方を見てみれば、彼女は真っ青な顔である方向を眺めている。

彼女の視線を追ってみれば、そこには。

「下衆が……」

「まさに悪役、だね。ノア、見なくて良い」

馬車からゾロゾロと降りてくる首輪を付けた者達、その頭には皆獣の様な角が生えていた。

間違いなく〝魔人〟。

だが誰も彼も虚ろな表情を浮かべ、フラフラと歩いている。

まるで、違法薬物でもヤッているかの様に。

「お見せしよう、コレが〝私〟の力だ！」

正常だとは思えない魔人達に掌を掲げられた王子が、意気揚々と剣を天に向かって構える。

すると頭上の雲は怪しげにのたまい、空は赤黒く変色した。

大した魔法を行使したとは思えなかった、大がかりな魔法にしてはどう考えても発動までが早過ぎる。

だというのに、コレはいったいどういう事だ？

「おいおいおい……！」

不穏な空気を曝け出す空は徐々に広がり、やがて俺達の頭上を埋め尽くした。

辺り一面に広がる赤黒い空、更には肌に感じるピリピリとした〝ヤバイ〟空気。

これは、絶対不味い奴だ。

「死にたくなければ逃げ惑え！　明日を迎えたいなら惨めに身を屈めると良い！　目に焼き付けろ！　コレが新しい王の力だ！　〝メテオ〟！」

彼が剣を振り下ろした瞬間赤黒い空には波紋が広がり、そこから落ちてくるのは……数多くの〝隕石〟。

いや、隕石に見えるが本物じゃない。

広範囲魔法、〝メテオ〟。

燃える岩が降って来て、地面に触れると爆発する。

確か見た目はやけに派手だが、魔力消費が馬鹿みたいに多い魔法。

直接受ければ相当なダメージを負うであろうその攻撃が、まるで雨の様に降って来ている。

理解は出来る、魔人による強化魔法で馬鹿みたいに底上げして数を増やしたんだ。

だとしても、やはりこういう感想が漏れてしまうのは仕方のない事だろう。

「何なんだよ、何なんだよコレは！　ふざけんなよ！」

地獄の光景かってくらいに、戦場に降り注ぐ隕石。

こんなの、密集地帯じゃ避けられる筈が――

「〝光剣〟！」

誰しもポカンと口を開けて空を見上げる中、ただ一人だけが行動を起こした。

迫り来る隕石に対して、光を放ち少しでも数を減らす奴が居た。

幾分かは撃ち落とせたようだが……コレは、数が多過ぎる。

絶大だと感じられた勇者の一撃でさえ、一割にも満たない数しか撃ち落とせていない。

あぁ、これは非常に不味い。

アレが落ちてきたら、俺達は間違いなく……。

「あぁぁぁぁ！　〝光剣〟！　〝光剣〟！　〝光剣〟！」

本人も無駄だと分かっているだろうに、彼はひたすらに空に向かって魔法を放ち続ける。

片腕を失ったばかりで、立っているのだって辛いだろうに。

「ざっけんな！　〝守れ〟って言われたんだ、俺に出来る償いはソレだけだって。だから何を言われても守れって！　約束したんだ！　アイツ等が俺の願いを聞いてくれる代わりに、俺は守らなくちゃいけないんだよ！　ふざけんな！　こんな所でまた誰かを死なせてたまるかよ！　アイツ等にどんな面《つら》下げて報告すりゃ良いってんだ！　ぜってぇに守ってやる！　誰も死なせねぇ！

〝光剣〟！」

そんな事を叫びながら、勇者は片腕で剣を振り続ける。

その姿は、何処までも滑稽だと言えるのかもしれない。

どうしようもない強大な力に対し、自らの持てる小さな力を振り絞ってでも諦めない。

しかも、この戦場において誰よりも重傷だと思える彼。

ソイツが、誰よりもこの状況に抵抗していた。

こんな絶望的な状況の中、まだ戦えると吠えていた。

誰よりも周りに、〝勇気〟を与えていた。

「〝光剣〟！　〝光剣〟！　〝光剣〟！　あぁぁぁ！　数が減らねぇ！　もっと、もっとデカい魔法が必要……っ！」

ずっと光を放ち続けていた彼が、言葉の途中でピタリと停止した。

そして一度目を閉じて、大きく息を吸い込んでから。

「はつみぃぃぃ！　後は任せたぁぁ！　〝新しい〟のを使うぞぉぉ！」

大声を上げたかと思うと、彼はより一層腰を落として剣を肩に構えた。

「これでも、〝勇者〟なんでね。土壇場には強いのよ」

ニヤッと口元を吊り上げてから、その獣は〝吠えた〟。

「今さっき習得した魔法だ、保障はしねぇ！　皆早く逃げてくれよ⁉　〝白夜〟！」

彼が力いっぱい振りかざした剣からは、眼が眩む程の〝白い光〟が溢れるのであった。

※※※

〝光剣〟とは比べ物にならない程の光が、空を覆いつくした。

あぁなるほど……確かに〝白夜〟だわ、コレは。

夜空が一瞬で明るくなる程の光が、目の前に迫った〝メテオ〟を飲み込んでいく。

今しがた頭の中に思い浮かんだ魔法。

絶大な魔力を消耗し、夜を朝に変えるかって程の威力。

もう魔力は空っぽだ、全身がダルイ。
魔力切れもそうだし、血を失い過ぎたのかもしれない。
ソレに、腕の痛みも酷い。
更には、俺の剣も塵の様になって消えてしまった。
聖剣なんて言われて渡されたけど、どうにも魔法の威力に耐えきれなかったらしい。
でも、だとしても……だ。
「やってやったぜ……」
光が収まった空に残るのは、本当にいくつかだけ残った隕石のみ。
全部を破壊出来なかったのは些か不満だが、それでも残るは数える程度。
アレなら多分、回避が可能だ。
「ハ、ハハハッ。守った、守ったぞ黒鎧！　ちゃんと守ったぞ！」
あの状況を覆したのだ、誰しもが諦めて動きを止めた程の絶望。
それを、変えてやった。
見る限り、誰も死んでない。
怪我をして下がった人は居ても、それでも死体は見当たらない。
よし……いよしっ！
思わず、拳を握りしめていると。
「勇者、不味いよ！　一個だけ〝メテオ〟がこっちに向かって来てる！」
俺に触れていた女の子が、悲痛な叫びを洩らした。

「え？」

思わず空に改めて目を向ければ、彼女の言う通り打ち洩らした魔法の一つが真っすぐこちらに向かって落ちて来ていた。

しかも、距離が近い。

既に周囲の人間は退避し、残っているのは俺と集まって来てくれた子供達だけ。

不味い、逃げられる距離じゃない。しかも……。

「くっ……そがっ！　動けよ！　動けって言ってんだ！　ココで動かなきゃ、意味無いだろ！」

体が、動いてくれない。

今までの疲労の影響か、出血の影響か、それとも魔力切れの影響なのか。

俺の体は、普段より随分とノロマになっていた。

〝向こう側〟に居た時よりもずっと遅い、まるで全身が鉛になった気分だ。

「ノア！　エル！　勇者と一緒に小さくなってろ！　俺が止める！」

大声をあげる少年が、俺達の前に立って手に持った盾を構えている。

無理だ。その盾一枚じゃ、あの魔法を直接受けて耐えられる筈が無い。

高レベルの人間じゃないと、衝撃だけでも体が吹っ飛ぶかもしれない。

なんて事を思ってから、すぐに思いついた。

……あるじゃないか、高レベルの肉体が。

ここに、ひとつだけ。

「悪い少年！　その盾を貸してくれ！」

「はぁ⁉　こんな時に何を――」

彼の言葉が終わる前に盾を奪い取ってから、子供達を一か所にまとめる。

俺の背後へと。

「なっ⁉　アンタ魔力切れだろうが！　何やってんだ！　マジで死ぬぞ！」

分かっている。

もうこの身を守るバフ魔法だって使えないし、パッシブの魔法さえ発動していない事だろう。

でも、肉体は高レベルのままの筈だ。

だったら、一番可能性があるんだ。

〝生き残る〟可能性が。

たとえ俺自身が駄目だったとしても、もしかしたらこの子達は守れるかもしれない。

『守れ。迷惑かけた連中にどれだけ恨まれようと、罵倒されようと、とにかく守れ。それがお前の唯一出来る事じゃねぇのか？』

上等じゃねぇか、守ってやるよ。

特にこの子達は、アンタの所の子供達だろう？

だったら、守らない訳にはいかないだろうが。

気合いを入れろ、活を入れろ、腕を一本失ったくらいなんだ。

アイツは、この状態でも〝殺させない為〟に仲間を止めたんだ。

なら俺だって、〝死なせない為〟に守ってやるんだ。

絶対無理だと思える状況を覆せ、常識なんかひっくり返せ。

それが、〝アイツ等〟だ。

俺にも出来る筈だ、やれる筈だ。

同じ〝漢〟なら、根性を見せろ！

「おっしゃぁぁ！　こいやぁぁ！」

力いっぱい盾を握りしめ、腰を落として衝撃に備える。

近い、まだ当たっていないというのに熱を感じる。

デカい、目の前を覆い尽くすような燃える岩が迫って来ている。

正直……〝怖い〟。

もしかしたら、次の瞬間俺は死んでしまうのかもしれない。

でも、それでも……ソレを塗りつぶす程の感情が、俺の中を埋め尽くしていた。

「俺だって漢だ！　〝勇者〟舐めんなぁぁ！」

必死に叫んだ、その時。

「大馬鹿者が。こういう時くらい〝友人〟を頼れよ、柴田」

一瞬だけ目の前が真っ暗になり、次の瞬間には随分と離れた場所で爆発が起きた。

は？　へ？　と呟きながら、何が起きたのか理解出来ずに周囲を見回してみれば。

「〝影〟の称号持ちが二人も居るんだ、少し無理すればこれくらいは出来る。だから、あまり無理をするな」

「〝影移動〟という魔法ですよ、勇者様。ご無事で何よりです、悪食の皆様も」

お姫様を抱えた初美と、俺と同じように呆けた顔をしている子供達が見える。

助かった……のか？　そう実感した瞬間、腰が抜けた。

情けないけど、マジで怖かった。

未だに足がガクガク震えている程だ。

「た、助かった……」

「やるじゃないか、勇者様？　なかなか男前だったぞ」

「はっ、ははは……情けねぇ、の間違いだろうが初美」

「そんな事は無いさ、誰があの雄姿を笑えるんだ？　少なくとも私は、こちらに来てから初めてお前という〝勇者〟を見たよ」

「えっと……そっか……サンキュ」

気恥ずかしくなって視線を逸らしてみれば、そこには未だ続く戦場が。

そうだ、まだ終わっていない。

相手の魔法を一度無力化しただけで、戦争は何も終わっちゃいないんだ。

「は、早く戻らないと！　こんな所でのんびりしてる場合じゃねぇ！」

「止めとけって勇者、アンタもう魔力が無いんだろ？　それにその傷だ、今すぐにでも下がった方が良い」

先程の少年に肩を掴まれるが、そういう訳にはいかない。

勇者とは人類の希望、この戦場の要。

今更そんな言葉を鵜呑みにしている訳じゃないが、それでも。

俺は〝守らなくちゃ〟いけないいんだ。

そういう、〝約束〟だから。

だからこそ俺は、これまで以上に無理をしてでも。

いいや、今までなんかぬるま湯だ。

ここからが、本当の戦場。

今まで以上に気合いを入れて、それから――。

「……勇者、武器がなくちゃ戦えない」

子供達の中で、一番小さな男の子が静かに声を上げる。

まるであの黒鎧の様な、真っ黒いスタイルに二本の槍。

俺のせいで父親を失ったという、俺が最も償わなければいけない存在の一人。

その彼が、スッと片方の槍を差し出して来た。

「え？」

「まだ戦うなら……片方貸してあげる。でも、無くしたら許さない」

訳も分からないままその槍を受け取ってみれば。

〝重い〟

少年が振り回す物とは到底思えない。

魔力が無くなり、普段からあった補助魔法すら使えなくなった俺には〝色々な意味で重い〟真っ黒い槍。

禍々しく、何処までも美しい武器。

ソイツを、しっかりと握りしめた。

コレは、ただの武器じゃない。

俺が今まで振り回していた凶器とは違う。

誰かを守る為の、その為に何かを殺す為の、〝この子の想い〟が詰まった武器だ。

「少しだけ、借りる。一緒に、戦ってくれるか？」

「ヤダ。けど……キタ達なら多分見捨てない。だから、近くには居てあげる」

「ありがとう、エル君……だったよな？　十分だよ」

彼と言葉を交わしていれば、周りからは呆れたため息が零れた。

「ったく……どうなっても知らねぇぞ？　守りは俺がやる。エル、攻めんのは任せるぞ」

「大丈夫、分かってる」

「ノアは勇者に……いや、ハツミさんと王女様についた方が良いか？」

「私達は指示と救助に徹する、ノアも抱えるのは無理だ。ノア、すまないがこの馬鹿共を頼めるかな？　どうせ戻れと言っても聞かない。今は、何処かの誰かに感化されているみたいだしな」

「うん！　ボクに任せて！」

「良い子だ」

見た事も無いような笑みを浮かべる初美が、少女の頭に手を置いてから再び戦場を睨んだ。

「覚悟を決めて、全員準備しろ。再び、あの中へ〝飛ぶ〟ぞ。姫様、よろしいですね？」

「えぇもちろん。私は特に、一番前に立たないと役に立ちませんから。〝覚悟〟はとっくに決めました」

という訳で、行動方針は決まった。

今の俺があの場へ行っても足手まといにしかならないかもしれない。

でもこの場でただ見ているだけなんて、とてもじゃないが出来そうには無かった。

むしろ手に持った〝黒槍〟が、ソレを許してくれそうに無い。

――〝戦え〟。

守る為に、償う為に。

その必要が、俺には有るんだから。

それしか、俺には出来ないのだから。

だから、戦え。

もう、甘えは許されない。

「柴田、もうお前は魔法が使えない。無理だけはするなよ？　レベルの分肉体が強いのか、血は止まっている様だが……死ぬ前に声を掛けろ、助けてやる」

「ハハッ、まさかお前から心配されるとはな。大丈夫……とは言えないけど、任せろ！」

「フフッ、見違えたものだな。では、行くぞ！」

こうして、俺達は初美と王女様の〝影〟に包まれ、再び前線へと舞い戻るのであった。

※※※

「こりゃぁまた……随分と御大層な隠しダンジョンだ。ネトゲプレイヤーじゃなきゃ見逃しちゃうね」

「ご主人様、〝ネトゲプレイヤー〟ってなんですか？」

南からのツッコミを頂きつつも、神殿の最奥に開いた洞窟に思わず声が漏れた。

なんじゃこりゃ……今まではお綺麗な壁や床が広がっていたというのに、目の前には地下への壁をくり貫いた様な大穴が空いている。

この先に、さっきの爺さんは逃げ込んだ……筈。

それ以外に道らしい道も無かったし。

何より教会の旗なんぞが行き止まりの壁に掛けられていたので、とりあえず引っぺがしてみたら発見したこの横穴。

どう見ても何か隠してますよねぇ、匂う匂う。

「ま、行ってみるか。最終戦っぽい雰囲気はバリバリに出てるけど。エリクサーってのは使ってなんぼだ！　皆出し惜しみすんなよぉ！」

「西田様……エリクサーなんて高価なモノ、私達は持っていませんよ」

あるんだエリクサー、ゲームでは定番の完全回復アイテム。

「こうまで状況が整えられるとセーブがしたくなるよねぇ、ボス戦前なのになんでセーブポイント無いの？」

「東、コレは人生ゲーム。セーブは無い、死にゲーじゃない事を祈る」

東と白も好き勝手な事を言いながら、目の前の洞窟を睨んでいた。

ふーむ……洞窟を抜けた先は、不思議な世界でしたぁなんて事は絶対無いだろう。

どう考えても待ち構えているよな、やっぱ。

「リーダー、私がもう一度デバフを使って先に様子見した方が……」

「いや、いざって時に中島が動けなくなる方が困る。となると……問題は普通に行くか、邪道で行くか、だな」

「邪道、とは？」

アナベルが首を傾げながら、こちらを覗き込んで来た。

いやお前、そりゃ普通に行けば単純にボス戦がくり広げられる訳だが。

「例えば、出口から姿を現す前に特大魔法ぶっ放すとか……」

画面端に見える待機中のボスに攻撃する様なもんだ、そりゃもう外道のする事だろう。

ある意味、裏技とも言えなくも無いが。

「はいはーい！　邪道法で良いと思いまーす！　相手の思い通りに動いてやる必要なんかないでしょ。ただでさえこっちは数でも不利なんだから」

アイリが元気よく声を上げて来る訳だが……まぁ、そうだよね。

こちとら命を賭けているのだ、何処までも薄汚くなってなんぼじゃい。知った事か。

文句を言いたければ言え、俺は知らん。

「向こうの状況が分かればまだ手はあるんだろうが、まぁ仕方無いか」

「だな、とにかくコソッと行ってドカンとしてみるか」

「死にゲーノーコンテニュー縛りの始まり始まりぃ」

「えっと？　よく分かりませんけど、いつも通り普通に進むという事でよろしいのですか？」

という訳で、俺達は洞窟の中を明かりも付けずに突き進んだ。

ひたすらに目を慣らし、耳を澄ませ。

真っ暗な中を、音も立てずに足を進めるのであった。

※※※
「司教様！　準備整いました！」

「よし！　相手の姿が見えた瞬間一斉に攻撃せよ！　遠慮はいらん！　奴等は我々の敵、神に仇《あだ》なす存在だ！」

その場に居る全員が武器を構え、入り口を警戒する。

扉など無い、本当に洞窟の出口。

だからこそ、相手に隠れる場所など無い。

勝った。そう、思っていたのに。

「〝ホワイトアウト〟！」

その声が響いた瞬間、入り口からは尋常じゃない冷気が入り込み視線を遮った。

白い、ただただ白い。

数メートル先でさえ見えない程、周囲が真っ白な世界に変わってしまったではないか。

「い、いったい何が⁉　誰か状況を！」

叫んでみれば、そこら中から悲鳴が上がって来た。それと同時に。

「東は突っ込め！　アイリは東の援護！　アナベルは魔法の調整ミスるなよ⁉　俺等まで見えな

くなっちゃ敵わねぇ！　南と白は遠くの奴から片付けろ！　西田ぁ中島ぁ！　俺と一緒に暴れんぞぉぉ！」

叫び声と共に、周囲の悲鳴は更に大きくなった。

なんだ、何が起きている？

困惑を抱いている内に、目の前の白い吹雪は薄くなっていく。

そして、現れたのは。

「よう、追い付いたぜ」

仲間達が地に伏せる中、真っ黒い鎧に身を包んだ者達が立っていた。

まさに悪魔、神に仇なす存在。

ソレを具現化した様な者達が、私に向かって歩み寄って来たのであった。

※※※

「この悪魔め！」

爺さんが唾を飛ばしながら、大声で叫ぶ。

異常だ蛮族だと色々言われて来たが、悪魔は初めて言われた気がする。

厨二心がくすぐられちゃうね。

「ココは神聖な場所！　貴様達の様な存在が立ち入って良い場所ではない！」

何やら酷い言われ様だが、爺さんは顔を真っ赤にしながら詠唱を始め、随分とデカい魔法陣が出現し始めた。

「アナベル、ありゃ範囲魔法か？」

隣に立っていた専門家様に声を掛けてみれば、彼女は静かに首を横に振ってため息を吐く。

「いえ、光の槍を放つ魔法ですね。ソレを随分と大きくなる様に手を加えているみたいですが……詠唱が遅いです。アレではただただ見た目を派手にした程度にしかなりませんよ」

「あら、意外と小物なのかね。東ぁ、行けるか？　アナベル、防御バフよろしゅう」

「がってん」

「了解です」

声を掛ければ、ウチの魔王鎧がノッシノッシと前に出る。

とりあえず主犯の爺さんも攫う予定なので、あんまり怪我はさせたくない。

運ぶのが大変になるのはゴメンだ。

なんて事を思っている内に詠唱が終わったのか、爺さんはこちらに向かって杖を構えた。

「神の力をその目に焼き付けろ！　〝シャイニングランス〟！」

やけに光り輝くドデカイ槍が、一直線にこちらに向かって来る。

何処かの勇者様の攻撃を思い出すが、アレに比べたら光量控えめな上に随分と遅い。

そんなモノが東の大盾にぶち当たり……そして霧散した。

「なっ⁉」

「降参してくんねぇかな？　神様の力ってのも、ウチのタンクは貫けねぇらしいからよ」

「ふ、ふざけるなぁ！」

再び上空に杖を構えるお爺ちゃん。

ここまで隙だらけで、いつまでも相手が待ってくれるとか思ってんのかね？

はぁ……と大きなため息を吐いてから、ちょいちょいと指を振って。

「西田、中島。頼むわ」

「あいよ」

「了解です、リーダー」

足の速い二人がその場から姿を消し、次の瞬間には爺さんのすぐ近くに現れた。

西田は飛び蹴りで相手の杖を部屋の隅まで蹴っ飛ばし、中島は爺さんを押さえ込む様にして組み伏せる。

なんかこの二人だけ特殊な訓練とか受けていそうな動きになって来たな、連携的な意味でも。

「放せ！　貴様等誰に手を上げているのか分かっているのか⁉」

ギャーギャーと騒ぐ爺さんの腕を後ろ手に縛り、拘束完了。

後は聖女様とやらを探し出せば、俺達のお仕事終了って訳だ。

「なんか、意外と呆気なかったわねぇ……この程度なら、普通のウォーカーでも楽勝だったんじゃない？」

「アイリさん、流石にソレは無茶な話では……」

「そもそも、森での生活に慣れてない人の方が多い。歩きでココまでとか、絶対無理」

女性陣も気が抜けたのか、普通に雑談し始めているが。

とはいえ、気持ちは分からなくもない。

勇者が必死に頭を下げ、支部長からは戦争になるかもなんて脅され。

更には姫様まで直々に姿を見せて、英雄がどうとか厄災がどうとか言っていたくらいだ。

もっと酷い状況になる事も予想していたのだが……結構早めに終わってしまった。

怪我人も出ていなければ、武器の消耗も殆ど無い。

こうなってくると、早めに帰って姫様の言っていた〝厄災〟とやらに備えた方が良さそうだな。

「うっし、とっとと聖女様捜して帰えんぞぉ」

「「りょうかーい」」

東が爺さんを肩に担ぎ、全員揃って更に奥へと進み始めた瞬間。

ズンッ、と重い振動が床から伝わって来た。

そして続けざまに。

「なんだ、こりゃ……」

「うっさ⁉」

「何の声だろう……今まで聞いた事無いね」

空気を振動させる程の、獣の大声が響く。

鳴き声というか、〝咆哮〟。

ドデカイ生物が威嚇している様な、腹に響く雄叫び。

耳の良い南なんかは特に辛そうだ。猫耳をペタンと畳んで、両手で隠している程。

「……止みました、かね？」

「……耳、おかしくなりそう。南、平気？」

少しだけクラクラしながら、再び正面を睨む。

今居る場所は、洞窟と洞窟の中間地点。

それこそ外部からの侵入者迎撃用に広間を作っただけなのだろう。

その更に奥。

続く洞窟の先から、ビリビリと感じる敵意が放たれていた。

「フ、フフフ……あの馬鹿王子。口先だけの若造だと思っていたが、随分と良いタイミングではないか」

担がれたままの爺さんが、急に不敵な笑いを溢し始めた。

まだ何かあんのか？　というか、もっとデカい首輪魔獣でも居んのか？

「我々は神の使いを解放する！　刮目せよ、神獣は復活する！　さぁどうする国の鼠達？　聖女はこの先だぞ？」

東の肩の上でモゾモゾしながら、爺さんが嬉しそうに大声を上げた。

言っている事はとんでもなさそうなのに、見た目が酷い。

普段見たら、何だコイツ？　という感想しか出てこなかっただろう。

しかし、さっきの咆哮だ。

かなりの大型魔獣だと考えた方が良さそうだ。

「チッ、悪魔だの鼠だの好き勝手呼びやがって。急ぐぞ！　獣に聖女様が食われた後じゃ、胃袋から救出する事になるからな！」

「「了解！」」

そんな訳で、俺達は再び走り出したのであった。

結局、楽に終わる仕事なんかねぇって事なのかね。

全く嫌になっちまう。

帰ったら支部長と勇者に追加報酬の交渉でもしてみるかな……。

※※※

初美と王女様の魔法で戦場に戻ってみれば、そこには多くの魔獣の死骸と未だ戦っているウォーカーや兵士達の姿が。

「二番隊撤退せよ！　怪我人が多過ぎる！」

「しかし！」

「退けぇ！　王女様からの命令を忘れたか⁉　〝死ぬな、仲間を守れ〟。我等は兵士だ、命令に従え！」

「りょ、了解！」

誰しも頑張ってくれているし、怪我人の後退もスムーズの様だ。

もっと言うなら、随分と獣の数も減っている。

よし、このまま押し切れれば！　そういう感想が残る戦況。

だが一組だけ様子が違う戦闘を繰り広げていた。

まさに主役と言わんばかりに、あの王子と大剣を持ったウォーカーが剣を交わし、火花を散らしている。

「やれやれ……なかなかどうして、頑張るじゃないか。コレだけ私と戦えた人間はお前が初めてだよ。私は剣の才能も魔法の才能もあるからね、相手が見つからなかったんだ」

「状況が分かってんのか？　アンタはもう終わりだよ！　オラァ！」

彼が大剣を振り下ろせば、王子は紙一重といわんばかりのタイミングで躱し、反撃する。

不味い！　思わず声を上げそうになった瞬間、大剣のウォーカーは兜を使った頭突きで剣の腹を叩き、王子の長剣を逸らして見せた。

「ハッ！　やっぱ兜を良い物に変えて正解だったな！」

「チッ！　この蛮族め！」

そんな会話がくり広げられる中、少年達の一人が急に姿勢を低くし物凄い勢いで走り出す。

それはもう、人の間を走り抜ける獣の様に。

「隙だらけだ、敵は一人じゃない。お綺麗な戦い方じゃ、森の中で生きていけないよ」

片槍となった少年、エル。

彼が王子の太ももに槍を突き刺し、捻る。

「がぁぁぁぁ！　このクソガキっ！」

「エル！　下がれ！」

王子が痛みに悲鳴を上げ、更には片手で剣を振り上げたが。

今度は盾を構えた少年が前に飛び出し、槍の少年と入れ替わる様にして相手の正面に躍り出た。

「勇者、続いて！　バフは掛けた！　レベル、高いんでしょう⁉」

「お、おう！　任せろ！」

でっかい魔女帽子を被った少女に促され、俺も彼等に続いて走り出す。

失った腕は痛いし、さっきまで膝がスマホのバイブの様に揺れていたというのに。

それでも、走れた。

〝守る〟為なら。

目の前の少年達を、周りのウォーカー達を。

アイツ等に「誰一人死なせなかった」と胸を張って報告する為に。

「ハッ！　大した事ねぇなぁ王子様！　この程度の一撃じゃ俺の盾は貫けねぇぞ！　なんたって、いつも訓練でこの数倍強ぇのを貰ってんだからな！」

「クソガキ共がぁぁぁぁ！」

ガツンガツンと少年の盾に対して、一心不乱に剣を振り下ろしている王子の攻撃を、彼は涼しい顔で受け流していた。

少しだけズラし、受けるのではなく逸らす。

見事なものだ、思わずそう思ってしまう光景を視線に収めつつ、彼等の近くまで走り寄って全身に力を入れる。

「っしゃぁぁぁ！」

横一線に、槍を振るった。

本来は突くものだが、パッと思い浮かんだ戦い方がコレだったのだ。

〝アイツ〟みたいに、上手くは出来ないが。

慣れてないし、片腕も無いので非常に情けない一撃になってしまっただろう。

それでも。

「うっしゃぁ！」

相手の剣を弾き飛ばしたのだ。

ろくに剣を習っていなかった俺が、剣士相手にしっかりと攻撃が通った。

上等どころか、気分的には俺の経験上最高の一撃かもしれない。

「決闘の途中で無粋な奴等め！」

顔を顰《しか》めながら盛大に唾を飛ばして王子が叫ぶが、彼は忘れているのだろうか？

もう一人居る事に、さっきまで自分が誰と戦っていたのか。

そしてココは戦場、周りは敵だらけだという事を。

「あぁ？　俺等は決闘なんぞしてたのか？　お断りだね、俺はウォーカーだ。一対多なんてのは当たり前なんだよ。覚えておきなクソ王子……どらぁぁ！」

大剣を担いだウォーカーの拳が、王子の顔面に突き刺さったのであった。

非常に力強い一撃。

以前悪食のホームで黒鎧に腹を殴られたが、それに匹敵するんじゃないかってくらいにズドンと、とんでもない音を上げて王子を吹っ飛ばした。

「わりぃなお前等、マジで助かった……意外と強ぇんだな、王族って奴も」

そんな事を言って大剣を肩に担いだウォーカーが、こちらにニカッと清々しい笑みを向けながら吹っ飛んだ王子に向かって歩み寄っていく。

敵将は討ち取った。

これで、一段落する事だろう……なんて、思っていたのに。

次の瞬間、彼はバッと片腕を上空へと掲げ何やら詠唱を開始する。

「離れろ！　まだ何かあるぞ！」

思わず叫んでみれば、周囲の兵士もウォーカーも一斉に武器を構えて警戒する姿勢を見せた。

多くの人間に囲まれている中、王子は更に口元を吊り上げながら〝謳った〟。

「ハハハッ！　勝ったとでも思ったか？　有象無象の能無し共が！　刮目せよ！　私は、ついに〝竜〟を手に入れた！　コレが私の切り札。教会の連中を使って使役する事に、復活させる事に成功した最終兵器！　太古の最強にして最凶を、私は手に入れたのだ！」

宣言するかの様な叫び声が響き渡れば、何処か遠くから「ゴォォォ！」という腹に響く咆哮が聞こえてくる。

地面は揺れ、その声を聞いただけで足が震えた。

〝ウォークライ〟という魔法がある。

威嚇する為の雄叫びを上げ、相手を委縮させる魔法。

おそらく、この咆哮にはそういう効果が乗っているのだろう。

威力としては、普通の〝ウォークライ〟の何倍も強いと思われるが。

「くっ……！」

そこら中で兵士やウォーカーが膝を折っている。

多分、レベルの低い連中から〝雄叫び〟にやられたのだろう。

随分と遠くから聞こえていそうなのに、この威力だ。

目の前に来たら、どう対処して良いのか全く想像出来ない。

「クッソがぁぁ！」

幸いにも、周りの獣達は狩り終わった後の様で。

だからこそ、このタイミングですぐ負傷者が出る事は無さそうだが……。

「クハハハ！　勇者！　止めてみるか!?　相手は竜！　魔力も何も残っていない貴様に、今更何が出来——」

「セイヤァァ！」

会話の途中で、女性の鋭い声が上がった。

あまりにも唐突で、誰もが反応出来ずに目を見開いてみれば。

「……は？」

王子の足に、レイピアが突き刺さっていた。

先程少年に槍をぶっ刺された方とは逆の足。

投げつけられたのか見事に太ももに突き刺さり、貫通した刃がプラプラと揺れている。

「恩師からの教えですわ、生物は大体足を潰せば楽に狩れる。そして、走るより投げた方が早い」

声のする方向へと視線を向ければ、そこにはウォーカー……で良いのだろうか？

肩に紋章が無いので、多分兵士や騎士では無さそうだが。

長い金髪を揺らす、随分と綺麗な鎧を纏った女性が立っていた。

兜の奥の瞳は鋭い視線で相手を睨み、その手は武器を投擲した状態のまま無手。

思わず目を奪われてしまいそうな〝戦乙女〟と言うべきか、その彼女は猛々しく吠える。

「皆様気合いを入れ直して下さいませ！　まずは目の前の敵から！　竜だの何だの知った事ではありませんわ！　本当に居るなら準備を始め、目の前に来てから対処すれば良いだけの事！　とにかく今はこの小物を！　どうせ後でまた悪さをしますわよ！　新〝戦姫〟メンバー各員！〝アレ〟を捕らえなさい！」

ウォォォ！　と声を上げながら彼女のパーティメンバーが王子に向かって走り出す。

周りが呆けている中、両足を貫かれた王子は地面に膝を突き、更には驚愕の表情で大声を上げ始めた。

「なっ、貴様！　アスタルティの娘か！　誰に向かって手を上げたのか分かっているのか!?」

「失礼な呼び方ですわね、私はエレオノーラ。ウォーカー〝戦姫〟のリーダーであり、今は騎士団にも所属しております。以後お見知りおきを、〝元〟王子様？」

「お嬢様……いえ、リーダー。替わりの得物です」

「ええ、ありがとう。貴方達のお陰で、私も存分に戦えますわ」

替わりのレイピアを受け取った彼女もまた、王子の下へと歩み寄っていく。

とはいえ先に走り出したメンバー達に、相手は既にタコ殴りにされている状態だが。

誰もが急に動き出した状況に付いていけず、ポカンと口を開けていれば。

金髪のお嬢さんはピッ！　と音がしそうな程の勢いでレイピアを彼の首に向ける。

「チェックメイトですわ。敵将、討ち取ったり！」

随分と格好良く、宣言してくれるのであった。

しかし、王子は未だに口元を吊り上げている。

「フッ、コレだからたかだか貴族のお嬢様風情《ふぜい》は。これから竜が来る、更に〝アレ〟に命令を出せるのは私と司教だけだ。だというのに、私を捕らえて勝ったつもりで居るのか？　全く、笑わせて――」

「全く煩い男ですこと、ピーピーピーピーと囀るばかり。〝漢〟なら悠然と構え、食事の一つでも拵《こしら》えたらどうですの？」

「……貴様、訳の分からん事ばかり抜かしおって。竜が来たら真っ先に殺してやる」

王子の目は死んでいない。

これから捕まる、もしくは殺される人間の目じゃない。

だとすれば、本当に〝切り札〟は生きているのだろう。

「クソッ、もう一度陣形を立て直さないと！　相手は竜だ！　全員国の近くまで後退して、それから……えっと。すまん、大剣のウォーカーの人。指示を頼む」

叫んだは良いが何をどう準備すれば良いのか分からず、先程のウォーカーの方を向き直ってみれば。

彼は呆れた様子で俺の頭に手を置いて、ため息を一つ溢してから叫んだ。

「お前等聞いたな⁉　今度の相手は、竜だ！　一旦戻って支度し直せ！　ビビった奴は逃げて良いぞ！　足手まといになられても困る！　んで、だ。勇者の坊主は一旦治療に行け、マジで死ぬぞ？」

大剣を担いだウォーカーの言葉に、皆ゾロゾロと戻っていく。

捕らえた王子と周囲に居た教会の連中、そして虚ろな眼差しを向ける魔人達を連れて。

もうコレだけで戦争が終わってくれたのなら良かったのに。

誰しも、そんな事を思い浮かべているのであろう。

皆疲れた表情を浮かべ、これから更に大物と戦える雰囲気ではない。

それは、俺だって同じだ。

魔力は底を突き、一度座り込んでしまえばもう立てそうにない程の疲労感。

こんな状況で、竜と？

過去の勇者が倒した、封印したとされるソレは一匹ですら脅威と聞く。

それ程の強敵と、これから……。

「ふははは！　無駄だ無駄！　いくら足掻《あが》こうが貴様等は成す術もなく喰われるしかないのだよ！　ただの人間に、抗う術などあるものか！」

皆疲れた面持ちの中、一人だけ元気に叫んでいる奴が居る。

ボコされ、簀巻きにされ、今ではウォーカー達に担がれているというのに。

「竜の魔法は大地を焼き、その身体はそこらの武器では傷一つ付かない！　さぁどうする？　私を城の牢に入れるのなら、まず城から落ちる事になるだろうなぁ！　このまま事態を放置すれば、間違いなくこの国は――」

「〝勝利する〟、でしょうね。私達が何をする事も無く」

王子の笑い声を遮り、姫様が静かに声を上げた。

周りの人間は振り返り、そして驚いた様子で歩みを止める。

「ハッ！　誰かと思えば無能のシルフィか。お前もこの場に居たとはな？　影が薄過ぎて気付かなかったぞ」

「それが私の称号ですからね」

「〝影と英雄譚〟か、全く笑わせてくれる。それで？　英雄様が活躍する未来でも見えたのか？今までろくに役に立った事の無い、〝居ない筈〟のお姫様が！」

捕らえられている王子が、姫様に随分な悪態をついている。

見ているだけで気分が悪い。

とはいえ、俺だって少し前まで同じようなモノだったのだ。

そう思うと、吐き気さえ込み上げてくる……なんて事を思っていたが、お姫様は予想外な言葉を紡ぎ始めるのであった。

「〝こちら〟の戦争は、もう終わりです」

「……は？」

王子だけではなく、皆同じ様な声を上げる。

何を言っているのだろう、このお姫様は。

だって、これから竜が……。

「私は〝英雄の未来〟を見る存在、その私が宣言致しましょう。〝戦争〟は、お終いです。あとは〝狩り〟が残るだけ」

「ふざけるなよ無能王女が！　ろくに未来の見えないお前の言葉に、何の価値がある⁉　竜は来る！　ソレを討伐出来る実力者がこの場に居るとでも言うのか⁉」

まるで噛みつく勢いで王子が声を上げ、それを周囲のウォーカー達が取り押さえている。

しかし、彼の言う通りなのだ。

本当に竜が来るとするなら、今の俺達には対抗手段など……。

「お兄様は本当に周りが見えていませんね。もう少し警戒していれば、目を凝らして周囲を確認していれば、〝変わった〟かもしれないのに。自分達が潜んでいた場所の近くに、〝彼等〟が潜伏していた事に気付けたかもしれないのに」

「どういうことだ⁉」

先程まで余裕を振り撒いていた王子に代わって、今度は王女様が口元を吊り上げる。

可愛らしく小首を傾げながらも、その表情は何処までも冷たい。

氷の様な、冷え切った微笑みを浮かべていた。

「お兄様が向こうに残っていれば、少しは変わったかもしれませんね。何たって彼等は〝人を殺しません〟から。人と戦う事に特化した貴方が残っていれば、彼等も苦戦した筈です」

「さっきから何を言っているシルフィ！」

「だから、〝終わり〟ですよ。貴方も、竜も。私が〝視た〟語るべき英雄達が、竜を殺す。貴方が〝竜〟を呼んだ瞬間、その未来が視えましたわ」

「世迷言を！　勇者がココに居る以上、それ程の事が出来る〝異世界人〟など居る訳が――」

「居るんですよ、〝無名の英雄〟が。彼等は語られない、英雄ではない。しかし、間違いなく成し遂げる。そして、無事に帰ってくる。ソレが彼等〝［　　］の英雄〟。語られない英雄譚、それが……〝悪食〟です」

ニッと口を吊り上げる王女様の言葉に、少しだけ背筋が震えた。

恐怖じゃない。

コレは多分、興奮だ。

そしてそれは、周囲のウォーカー達も同じだった様で。

「ハ……ハハッ！　クハハハ！　今度は竜を食うのかよ、悪食の旦那！」

「はぁ……竜を相手するってんなら、こんな事言うべきじゃないが。心配して損したぜ。獣の専門家様が、もう現地入りしてるって事か。道理でこの場に居ねぇ訳だ」

「フフっ、流石は悪食の皆様ですわね。随分と鼻が利きますこと」

「よく分からんが、悪食の奴等が行ったならもう竜は来ねぇって事だな。カイル、俺はもう帰るぞ。今度ウチの集落に飯を持って来る約束、忘れるなよ？」

皆が皆、その名を聞いた途端全身の力を抜いている様だった。

〝悪食〟

前線を支えた強者達に、ココまで信頼される存在。

アイツ等、マジでスゲェ奴等なんだ。

今更ながら改めて実感する。

俺の依頼を、陰ながら受けてくれた存在。

こんな俺にも、仕方ねぇなとばかりに手を差し伸べてくれた漢達。

ソイツ等が、〝竜〟を殺す。

いくらなんでもソレは……なんて思考が訴えかけてきているというのに、なんでだろう？

アイツ等が、何かに負ける姿が全然想像出来ないのだ。

「は、ははっ。んじゃマジで、戦争は終わり……なんだよな。姫様」

「えぇ、勇者様。〝表側〟は、ですけどね？　今まさに〝裏側〟は決戦中でしょう」

「無事に……帰ってくるのか？　アイツ等も、望も」

「正確には分かりませんが、おそらくは。私が視たのは〝清らかなる者を救い出す黒鎧達〟ですから。それに彼等の事です、久々の大物に興奮しているのではないでしょうか？　なんたって、竜を〝食べた〟……いえ、〝喰らった〟人物は過去の書物にも記録されていませんからね」

姫様の一言に、周囲からは呆れた笑い声が漏れる。

〝アイツ等なら納得だ〟と言わんばかりに、誰も彼も口元を緩ませる。

だがそれが気に入らなかったのか、王子だけは未だに怒鳴り声を上げるが。

「ふざけるな！　竜を狩れる訳が無い！　アレは種族戦争さえも止める程に強力な存在！　その一匹だぞ!?　だというのに、たかが数人で――」

「おっしゃ！　んじゃ全員撤収だ！　一応旦那達が帰ってくるまで警戒はするが、休める内に休んでおこうぜ！　帰りが遅くなる様なら、全員で迎えに行ってやんねぇとな！」

「おい！　放せ！　来るからな！　竜は来るぞ！」

王子の声は聞こえないフリをして、ウォーカー達は続々と街の中へと帰っていく。

ある者は宿屋へ、ある者は酒場へ。

誰も、〝悪食〟が竜を喰らう事をまるで疑わない様子で。

とはいえ、武器は放さず持っている様だが。

「ホント、すげぇ奴等だよ……」

「柴田、お前は治療だ。腕は……残念だが戻る事は無いだろう。だが、お前は勇敢に戦った」

「ホレんなよ？」

「腕だけじゃなく首も失いたいのか？」

「いや、マジでゴメン。冗談です」

これで俺達の戦争は終わった。

〝表側〟は、というだけではあるようだが。

それでも、〝裏側〟には彼等が居るのだ。

俺が知る限り、最強の漢達が。

「マジで、頼むぜ〝黒鎧〟。ずっと待ってるからな」

夜空を見上げながら、そんなセリフを言った次の瞬間。

「し、柴田!?」

「勇者様!?　誰か手を貸して下さいませ！」

俺は、その場でぶっ倒れた。

流石にもう無理、立っているだけでもしんどい。

すると、仰向けに倒れた俺の顔を小さな少年が覗き込んで来た。

「情けない、もっと鍛えろ〝未熟モン〟」

「ハハッ、ホント。黒鎧ん所の子供だな」

その光景を最後に、俺の意識は途切れた。

深い深い、泥の様な眠り。

疲れた。

多分俺の人生で一番頑張ったんじゃないかって程に、疲れた。

アンタ等は、こういう戦場を常に経験してるのか？　一対百みたいな、馬鹿みたいな戦いを。

だからこその〝デッドライン〟。

ったく、全く敵う気がしねぇ。

俺みたいな〝未熟モン〟では、アンタ等の足元にも及ばねぇよ。

だから……。

「頑張るから……これから先、ずっと……だから」

「あぁ、頑張れ。辛く険しい道かもしれんが、お前なら出来るさ。頑張れ、勇者様」

夢の中、友人の声が随分近くから耳に響くのであった。

# 【第七章】★白獣と黒獣

「おいおいおいおい、何だ？　ありりゃぁ」

「卵……じゃねぇなぁ」

「繭《まゆ》、かな？」

二人が言う様に、洞窟の奥底にはドデカイ繭が転がっていた。

その手前には見た事もないデカさの魔石、全てが今までとスケールが違う。

とにかくでかい、魔石でさえ東よりもデカい。

「北、あの子！　前に見た、多分〝聖女〟！」

白が指さすのは、目の前の魔石。

その中に彼女は居た、一見氷漬けにされているかの様な見た目で。

どうやって入れたんだよ、ここに来てファンタジーらしいファンタジー来ちゃったよ。

「えっと、こんなのってアリか？　どうやって運び出すんだよ……」

「砕くしかない……と思われます」

南の一言に、思わず口元をひくつかせてしまう。

砕くったって、オイオイオイ。

物理で無理やり叩き割ったら〝中身〟にまで影響しそうだし。

鎧に吸わせるにしても……流石にデカ過ぎないか？

なんて事を思っている内に、事態が進んだ。

繭が、動いているのだ。

「ふははは！　神の化身をどう相手する⁉　アレは我々の命令にしか従わない、世界さえも滅ぼす力を持っ――」

「東、ジジイがうるせぇ。その辺に捨てておけ」

「了解」

ペイッと地面に投げ捨てられたジジイは、ゲホゲホとむせ込みながら床の上を転げ回っている。

とはいえ、それどころではないのだ。

「西田、東は手伝え！　それ以外は繭を警戒！　聖女を連れてさっさと逃げるぞ！」

「「了解！」」

一斉に動きだし、俺達は聖女入りの魔石へと向かう。

近づいてみれば、やはり大きい。

こんなもん持ち運べんのか？

「東！」

「ふんっ！　ぬぬぬぬっ！　無理！　めっちゃ重い！　ていうかくっ付いたみたいに離れない！」

だぁくそ、そのまま運び出すのは無理か！

そうなると俺達に取れる手段はやはり……物理か。

「こうちゃん！　魔石クラッシャー！　なんでも粉砕機！　運べるサイズまで削るんだよぉ

う！」

「っしゃぁぁ！　任せとけ！」

魔石表面をグワシッと掴み、グッと左腕に力を入れる。

するとパリンッ！　と耳馴染みの良い音が聞こえ〝表面〟が砕けた。

そして、光り出す鎧の模様。

「嘘だろ⁉　たったコレっぽっち砕いただけで鎧も満タンかよ⁉」

「キタヤマさん！　魔封じを使い続けながら砕いて下さい！　こっちでも支援します！　ぜぁぁあ！」

そんなセリフを叫びながら、アイリが魔石に向かって回し蹴りを披露するが……残念な事に傷一つつかない。

おい、マジか。

すんげぇ固いのか、それとも魔石そのものに防御魔法か何かが掛かっているのか。

「物は試しだ！　やってやらぁ！」

籠手《こて》の表面をスライドさせ、タッチパネルの様な表面を叩く。

イィイン！　と小さな音を立てて発光し始める赤い模様。

〝魔封じ〟が発動した様だ。

三十秒、その間だけ俺に魔法は届かなくなる。

だからこそ、試す他あるまい。

「うらぁぁ！」

その状態で魔石をぶん殴った、思いっ切り腰を入れて全体重を乗せて。

――ピシリッ。と音を立てて少しだけ表面にヒビが入るが、まだ浅い。

「もういっちょぉぉ！」

右左右、そんでもってローリングソバット。

派手なコンボをかましてみれば、バリンバリンと音を立てて魔石は徐々に削れていく。

そして、魔封じの効果が無くなれば再び魔石クラッシャー炸裂。

鎧の効果により多くの外壁が削れ、再び鎧の模様が輝き始める。

よし、これを続ければ何とかなりそうだ。

「っしゃぁ！　魔石は任せろ！」

「止めんか！　何を考えている⁉　ソレは神への供物、神の使いの心臓にほかならない！　神への冒涜《ぼうとく》だと何故分からない！」

投げ出したジジイが、何か叫んでおられる。

だが知った事か。

もっかい魔封じを起動させ、ひたすらに殴る。

「神獣が復活した際、ソレと竜は一つとなる！　魔石を再びその身に宿し、更には〝聖女〟さえも取り込み、最強の神獣となるんだ！　今すぐ止めろ！　ソレに触るな！」

「うるせぇぇぇ！　馬鹿みたいな妄言吐いてんじゃねぇよエロジジイが！　若い女の子にこんなヒラヒラスケスケの服を着させておいて、神だのなんだの語ってんじゃねぇ！　眼に毒で仕方ねぇわ！」

「お前こそ何を言っている⁉　ソレは天の羽衣、非常に高価である上に清く正しい──」

「変態ジジィは悪・即・殺！　アイリィィ！　予備の服出しておいてくれぇぇ！」

「あぁもうウチのリーダーは……変な所でウブなんだから……」

俺が殴る蹴る掴むを繰り返している間に、隣で服を準備し始めるアイリ。

なんだろうね、この状況。

説明しろと言われても、ちょっと言葉に困るかもしれない。

傍から見ると相当間抜けな光景だよね。

「ご主人様！　繭が割れます！」

その声に視線を向けてみれば、表面にヒビの入った繭。

中から何かが押し上げるかの様に、一部だけが盛り上がっていた。

まるで鳥かトカゲが殻を割って出て来る前兆の様な雰囲気、ありゃ中身も相当デカそうだ。

「アナベェエエル！　氷魔法！　全力全開ダァァァ！」

「え⁉　はいぃ⁉」

「表面を凍らせろ！　出て来させるな！　もう少し巣籠りさせてやれ！」

「っ、はい！　了解です！」

意図が伝わった様で、アナベルは繭をひたすらに冷凍し始めた。

このまま寒さで死んでくれれば良いのだが、多分そう上手くはいかないのだろう。

だからこそ、もっと急がなければ。

このままではドデカイ雛とご対面してしまう。

「ずらぁぁぁ！」

「こうちゃん頑張れ！　もうちょっとだ！　いけ！　掴め！　女体はもうすぐ目の前だ！」

「言葉選びもう少し頑張ろうねぇ西田ぁ⁉」

「勢い余って聖女様まで殴らないようにね⁉　北君が殴ったら多分死んじゃうよ⁉」

「怖ぇよ東！　言われると余計不安になるよ！」

友人達からツッコミどころの多い応援を貰いながら、ひたすらに魔石を殴り続けた。

そんでもって、魔封じが切れたその瞬間。

「おらぁぁぁ！　最後の一発だぁぁ！」

すぐそこに聖女が居る。

その彼女を包む魔石の表面を握りしめ、グッと力を入れた。

――パリンッ！

随分と軽い音を立てながら、全ての魔石が砕け聖女様が崩れ落ちる。

「アイリッ！」

「はいはい了解！　薄着女性はタッチ厳禁なんですね！　全く手間の掛かる！」

地面に倒れ伏す前に彼女をキャッチし、すぐさま服を着せ始めるアイリ。

うん、ウチのメンバーに大小様々な女性陣が居て良かった。

何の大小かは言わん、言葉にしたら殴られそうなので。

とりあえず一段落とばかりに、大きなため息を溢してみれば。

「キタヤマさん！　もう無理です！　出ちゃいます！」

「マジか！　出ちゃうのか⁉」

「おいこうちゃん、そっちも言葉選びがひでぇぞ」

「北君、もうちょっと考えて喋ろう？」

いろんなお声を頂きながら振り返れば、真っ白に凍った繭からは〝ナニか〟が顔を出し始めた。

とてつもなく巨大。

雪の様な色の体に、真っ赤な瞳。

美しくも禍々しいその姿は……。

「お前等！　また蛇だ！　警戒しろ！」

「前足も出て来たよ⁉　大トカゲだ！」

「角が生えてるぜ⁉　もしかしたら恐竜かもしれねぇぞ！」

「無礼者どもがぁぁ！　竜じゃ！　何故見て分からん！」

ジジイの叫び声が上がる中、ソイツは長い首と前足を繭から露出させた。

見ただけで震え上がりそうな姿、見るからにラスボス。

真っ白いソイツは、間違いなく〝俺〟を睨んだ。

おっとぉ……普通卵から孵って最初に見た奴を親だと思うんじゃゃねぇの？

間違いなく敵意を向けてるんだけど？　餌だとでも思われてんのかね。

「アナベル！　照準、繭！」

「またですか⁉」

「コレ以上出てこさせるな！　自由にさせるな！　今まで以上に全力で凍らせろ！」

「了解でっす！」

再び白い暴風がぶち当たり、獣は少しだけ後退した。

そんでもって、未だに割れていない繭も更に分厚く凍り始める。いよぉし。

「アイリ！　聖女を担げ！」

「どうするんですか⁉」

「逃げるんだよぉ！」

出口に向かって一直線。

ふざけんな、あんな化け物相手してられるか。

前回の〝王蛇〟よりでかい、とんでもなくデカい。

一目見た時、白いゴジ〇が出て来たのかと思った。

東が盾を構えようとパクリといかれてしまうサイズだ、こんなの相手する方が馬鹿げている。

「逃がすか！」

床に放置したジジイが声を上げれば、出口である洞窟が崩落した。

いや、うん、あのさ。マジで空気読もうぜ⁉

「ジジィィィ！　ぶっ殺すぞ⁉　何してくれちゃってんの⁉　ねぇお前何してくれてんの⁉　お前だって食われるでしょあんな化け物！」

「くははは っ！　何の為に白い奴隷首輪を嵌めたと思っている⁉　知っているか⁉　種族戦争の時代、ソレを止めたのが突如現れた神の使い、竜だ！　かつての勇者によって魔石と肉体を切り離され、その一体がこの地に封印されたが！　その竜さえも今や思うがまま、それこそ奴隷の様に扱える私は、神そのものと言っても――――！」

　バクンッ。

　その音と共に、爺さんの声が消えた。

　首と片足くらいしか繭から出て来ていない竜だったが、それでも届く距離だったらしい。

　爺さんは膝から下だけを残し、残りは白いトカゲに食われてしまった。

「……」

　人が死んだ、目の前で。

　防衛戦の時も死人は出たが、俺の眼の前で死んだ訳じゃない。

　だからどうという訳では無いが……非常に胸糞悪い感情が胸の中に渦巻いている。

「こうちゃん。あっちは気にすんな、自業自得だ。でも……逃げ道がねぇ」

「北君のせいじゃないからね？　あの人が勝手にやって、勝手に死んだだけ。責任なんか感じる必要無いからね」

　友人二人が随分と必死に声を掛けてくるが……分かっている。

　コレは俺等がどうこうじゃない、俺達が直接殺した訳でも無い。

　そもそもこの馬鹿共が始めた事で、その結果だ。

　だからこそ、関係無い。

　それは分かっている。

　分かっているのだが……あぁ、胸糞悪い。

「全員、戦闘準備」

「北、マジ？」

「うっそでしょ、本気？」

呟いてみれば、仲間達からは信じられないと言わんばかりの瞳を向けられてしまう。

「言いたい事は分かる、だが逃げ道がねぇ。逃げ道を作った瞬間脱出するのでも構わねぇが、アナベルに魔法で穴掘り要員に徹底させるには……ちょっと余裕が無い相手だと思わねぇか？」

「確かに……相手は竜ですし、逃げ切れるとも思えません。それで、どうしますか？　ご主人様」

そんな訳で、全員が全員繭の方へと向き直った。

そこには首と片腕しか出せずにバタバタと暴れているドラゴン。

そう、ドラゴンなのだ。

俺達はこれから、〝竜〟を殺す。

神の使いだなんだと謳っていた獣を、〝狩る〟。

全く、我ながら呆れたもんだ。

「アイリ！　聖女を頼む！」

「了解！　って言いたい所だけど、大丈夫？」

「あぁ、何とかする」

未だ意識の無い聖女を抱えた彼女は、困り顔で頷いた。

「南、白はとにかく動き回って援護射撃！　同じ場所には留まるなよ!?　ヘイトを向けられるぞ！　それから〝アレ〟をやる、前狩ったヤツの皮出してくれ」

「まさか、あんな大物に対して……いえ、了解です！　狩りましょう！」

「ういさ、了解。ドラゴンスレイヤーに、私はなる」

南から備品を受け取り、合図を出せば二人は広間の隅へと走り始める。後は……。

「中島は俺達のフォロー。とはいえ孤児院はお前頼りだ、絶対に生き残れ」

「その命令に些か不満を覚えますが、了解です。しかし、皆で生き残りましょう」

「おうよ」

頷いて見せれば、中島からもニッと不敵な笑みが返って来た。

大丈夫、戦える。

たとえ相手が竜であっても、俺達は戦える。

結局の所今回も獣だ、いつも通りだ。

絶望するのは、死んでからで良い。

だから抗え、必死に足掻け。

生きている間は、もがき続けるんだ。

俺達は、〝生きる為に生きる〟。

だからこそ、ここで死ぬ訳にはいかない。

「こうちゃん、俺等は？」

「準備はバッチリだよ、何をすれば良い？」

頼もしい友人二人が、俺の隣に並ぶ。

なら、やる事は一つだ。

というか、俺等が出来る事なんて一つしか無い。

〝獣狩り〟の、始まりだ。

「うっしゃぁぁ！　今日はドラゴン肉の晩飯だ！　〝フォーメーション鹿〟！　俺と西田で目を潰してから、東は正面から叩け！　思いっ切りだ！」

そう叫び、南から受け取った〝王蛇〟の皮の片方を西田に持たせる。

これで準備は完了だ。

であれば……始めようか、飯調達の時間だ。

「行くぞお前等！　今日はドラゴン食い放題だ！　爺を喰った後だから内臓系は全部捨てるにしても、腹いっぱい肉が喰えるぞ！　気合入れろ！」

「「うっしゃぁぁ！」」

全員が走り出す、アナベルが更に凍らせたドラゴンの繭目掛けて。

圧勝出来るなんて思っていない、むしろ隙を見て逃げられるのなら逃げたいくらいだ。

だがしかし、退路は断たれた。

だったら大人しく喰われてやる必要など無いだろう。

足掻いて足掻いて、そんでぶっ殺して。

一人でも多く生き残ってコイツを喰らってやろう。

「アナベル、冷却一旦中止！　突っ込むぞぉぉ！」

「了解！　攻撃とバフに切り替えます！」

アナベルのバフ魔法が炸裂し、腹の底から力が漲って来る。

更には様々な方向から大小の矢が飛び交いドラゴンの注意を削いでくれている為、俺達は難なく相手の顔面付近まで接近出来た。

という訳で、俺と西田はデカい蛇の皮をドラゴンの顔面にひっ被せる。

「シャァァ！」

「どらぁぁぁ！」

二人揃って〝王蛇〟の皮を勢い良く下へと引っ張ると、その先に待ち受けているのは。

「いくよ！　パイル……バンカァァァ！」

〝趣味全開装備〟の大盾を構えた東が、ドラゴンの顎を杭で貫いた。

大盾から放たれる極太の杭は顎肉を貫き、口内へと侵入したご様子。

〝いける〟。

俺達の攻撃でもしっかりと通用する、だったら。

「南！　突撃槍！」

「はいっ！」

南が走り寄って来る最中、片手に持った黒槍を竜の顔面に向かえて投げ放った。

見事眉間に突き刺さった訳だが……些か鱗と肉が硬かったようで。

脳みそまでは到達しなかった様だ。

しかし、間違いなく〝通る〟のだ。

「ご主人様！」

「おうよ！」

走り抜ける途中、南から突撃槍と黒槍を投げて渡される。

片手にはドデカイ〝趣味全開装備〟、そしてもう片手には黒槍。

なんともまぁ、バランスの悪い事で。

とかなんとか思っている間に。

「おっしゃぁぁ！　片目貰いぃぃ！」

西田が空中でグルングルン回りながら、籠手に装備したアサシンの様な射突ブレードを突き立て、すぐさま抜き放ったかと思えば刃についた竜の血を払っている。

更には恰好良く地面に着地して、口を開いて見せれば。

「どうよ？　一時的とはいえ、結構痺れるだろ？」

その声に答える様に、ドラゴンは苦しそうに首を振り回した。

アイツ、またおかしなものを拵えたのか。

薬草やら何やらに一番詳しい西田は、毒草においてもかなりの知識を蓄えている。

そんなアイツが、あんな地味な〝趣味全開装備〟で満足する訳が無い。

いつかやるとは思っていたが、今やりやがったか。

刃に毒を仕込みやがったよ、恰好良いじゃねぇか。

「中島！　目くらまし！　一旦引いてから、もう一回派手に仕掛けるぞ！　アナベルはとにかく移動しながら凍らせせろ！　コレ以上繭から体を出て来させるな！」

「「了解！」」

煙幕が周囲を囲み、クッソ寒い冷気が対象を包んでいく。

その間にも、休む事なく雨の様な矢が降り注いでいる訳だが。

正直、非常にズルい作戦だ。

相手が不自由な状態を可能な限り引き延ばし、その間に狩ってしまおうというモノ。

だが、それがどうした。

狩りにおいて、優位に立つ事は悪い事じゃない。むしろ常識だ。

正々堂々相手が卵から孵るのを待ってやる必要なんて、何処にある。

俺達は正義の味方じゃない、何処までも狩人なのだ。

「っしゃぁぁ！　もう一回行くぞ！　西田準備――」

「こうちゃん！　魔封じ！　今すぐ使えぇ！」

は？　なんて思った瞬間、全身に衝撃が走った。

まるで濁流に飲まれたかの様に、上下も分からなくなる程ぐるんぐるんと回されて、壁に叩きつけられた。

西田の声に従って〝鎧〟を使っていなければ、多分粉々になっていた事だろう。

だとしても……相当痛いが。

「ずぁ、がっ！　いってぇぇ……」

いったい何が起きた？　なんて、土煙の奥のドラゴンを眺めてみれば。

「あぁくそ〝ブレス〟か。そりゃそうだよな、ドラゴンだもんな。何も無けりゃただのトカゲだわな」

カパッと口を開いた状態のドラゴンが、ゆっくりとその口を閉じている所だった。

そして、ニヤッと口元を歪めている。

アイツ、何故か分からないがやけに俺に対してヘイトを向けている気がするんだが。

「何笑ってやがる、獣風情が！」

ガツンッ！　と槍を地面に突き立てて、震える膝で立ち上がった。

畜生、クソいてぇ。

魔封じを使ってなお、この威力かよ。

ふざけているとしか言い様が無い。

魔法なら全部防げる筈だった、でも俺はソレに流された。

要はキャパオーバーだった訳だ。

ハハッ、マジで即死級じゃねぇか。

反則鎧を使っても、一発で瀕死状態になるのかよ。

とはいえ、ブレスが〝物理〟じゃなくて良かった。

アレが体内でナパームなんぞを生成する不思議生物だったら、俺はこんな事を考える間もなく消し炭だった事だろう。

「ご主人様！」

「北！」

「来るな馬鹿！　集まれば標的になる！」

叫んだ、が。遅かった様だ。

二人は俺の両脇に入り、担ぐ体勢に入っている。

そして問題のドラゴンはと言えば。

「だぁ、くそっ……最悪」

再び口を開き、照準はこちらに向けているご様子。

魔封じも無い今の状態では二人を守る術が無い。

流石にここまでか、なんて思ったその時。

『こんばんは、黒い鎧の人間さん』

「あん？」

『体が治れば、回避出来るかい？』

「お、おう」

『なら、治そう。今私は〝聖女〟と同一の存在なのだから、それくらい簡単な事だよ』

おかしな声が聞こえて来たかと思えば、スッと体が軽くなった。

痛みは、無い。

それどころか、普段以上に体が軽い。

魔封じを使った事によりアナベルのバフも殺してしまった筈なのだが、回復と同時に支援魔法が掛けられたのが分かった。

「ずおらぁぁ！」

「ご主人様⁉」

「北⁉」

二人を抱えてその場から離脱すると、次の瞬間には先程まで俺達の居た場所にドラゴンブレスが炸裂する。

あっぶねぇ……危機一髪じゃねぇか。

『良かったよ、間に合って』

「誰だてめぇ」

『待って、今ちゃんと〝口で〟名乗るよ』

「ご主人様？　さっきから何と喋っているのですか？」

「北、ボケた？」

「シバくぞ白。えっと、何か、アレだ。変な声が頭の中に……」

「ボケた？」

「引っ叩かれてぇのかお前は」

片腕に抱いている女子高生に睨みを利かせていれば、また違う所から悲鳴が上がった。

今度は何だよとばかりに視線を向けてみれば、そこには。

「やぁ、改めまして。私は〝カナ〟。聖女〝望《のぞみ》〟に宿った、竜の魂だ。とはいえ、今は悪い竜じゃないよ？　目の前の竜は確かに私の肉体だが……アレは暴走しているだけだ。かつて、生まれたばかりの頃の様にね。私の肉体と魂……魔石は随分と長い事切り離され、既に別々の存在になってしまった様だ。それは最初期の勇者によって――」

「アイリ！　そのうるせぇ聖女を連れて回避！　ブレスが来るぞ！」

「りょ、了解！　ね、ねぇこれってホントに聖女⁉」

やけに話の長い聖女様を抱えながら、アイリが跳躍してブレスを回避する。

だが、アイリの戸惑いも理解出来る。

何たって……目が覚めてから一瞬やけに輝いたかと思えば、さっきまでは無かった筈の角と尻尾が生えているのだから。

何だありゃ？　確か角が生えるのって魔人だけだったよな？

更には爬虫《はちゅう》類みたいな尻尾が生えているんだが。

ノアに尻尾は生えてない、だから魔人ではない……と思う。

だとしたら……なんだ？

あえて言うなら、見た目と〝向こう側〟の知識を照らし合わせれば。

「竜人？」

それ以外に、言葉が見つからなかった。

「悪くないね、むしろ良い。ありがとう、黒い鎧の人。私はこれから、〝竜人〟と名乗ろう。私カナと、聖女望は、今この時より〝竜人〟を名乗る。少し待ってね、今聖女を起こすから。そしたら、存分に戦って？　絶対、〝死なせない〟から」

「はぁ？」

訳の分からない事のオンパレードだ。

助けに来た筈の聖女様が、急に偉そうなお言葉を残したかと思えば角と尻尾が生えた。

待て待て待て、マジで意味が分からねぇ。

突然変異？　ミュータント誕生？

あの女の子連れ帰って本当に大丈夫か？　勇者君激怒したりしない？

なんて事を考えている間に。

「……ハッ！　だ、大丈夫です。いけます！　カナから話は聞きました！　いきます！　〝リザレクション〟！　この魔法を常時発動しておきますので、負傷は気にせず戦って下さい！」

と、言われましても何の事やら。

リザレクションって言ったら何、復活魔法？

ゲーム知識はあっても、こっちの魔法の知識とか全然無いから分かんないんですけど。

とかなんとか首を傾げてみれば。

「リーダー！　コレはヤバいですよ！」

「ねぇ何が⁉　出来れば分かる様に！」

声を上げてくれたアナベルに、瞬時に解説をお願いする。

すまない、緊急時なのは分かってるんだけど。

この状況で〝大丈夫〟と言われても何が大丈夫なのか分からないのだ。

「今聖女が使っている魔法、〝リザレクション〟。アレは死者蘇生とまで言われる程、瞬時に傷を癒す魔法です！　しかも、欠損まで治す。それが広範囲に展開されています！　つまり……」

「無敵モードって訳か！」

「えっと、即死だけは……一応しない様に」

「うおっしゃぁぁ！　お前等、聞いたな⁉　俺達は今無敵だ！　でも直撃を受ければ鎧が砕けて素っ裸になるかもしれねぇ！　それだけは気を付けろ！」

白黒の少女達を両脇に抱えながら、思いっきり叫んでみれば。

「即死攻撃は避けろって……コイツの攻撃ほぼ即死級なんだけど⁉　俺等は〝魔封じ〟持ってねぇぞ！」

「あぁ……僕にとってはすんごい良い魔法だわ。頑張って防げば、次の瞬間には全回復するとか」

そんな声を洩らす束がパイルバンカーを地面に突き立て、ドラゴンの〝ネコパンチ〟を防ぐ。

ズガンッ！　と凄い音がしたが杭を地面にブッ刺した影響か、殆ど後退していない。

更には竜が止まった瞬間に、西田が薬物インの刃物を鱗の隙間に突き立てていく。

こりゃぁ、なんというか。

「ご主人様、勝てますよ。私達は、竜にだって勝てます！」

「北、いい加減放す。これじゃ援護が出来ない」

抱えたままだった二人を解放してみれば、すぐさま猫みたいに壁の段差へと登って行った。

そして、更にラッシュは続く。

「攻めますよ！　魔法陣六重展開！　〝アイシクルエッジ〟！」

「聖女さんが大丈夫そうだから、私も動いても良いよね？　参戦するよ⁉」

アナベルとアイリも、興奮した様子で各々好き勝手に動き始める。

片方は派手な魔法をドラゴンの横っ面に叩き込み、もう片方は反対側からカウンター攻撃を決めていた。

もうね、とんでもないわ。

「リーダー、どうしますか？」

「うん、理性的な奴が残ってくれててマジで助かった。あのとんでも聖女を頼む」

「了解です」

いつの間にか背後に立っていた中島が、スッと影の様に消えたかと思えば。

すぐさま頑張って魔法を行使している聖女様の下へと移動していた。

ホントもう、頼もしいメンバー達だよ。

「おっし……俺もサボってらんねぇな」

片手に持った突撃槍を振り回し、低く構えて腰を落とす。

そんでもって、もう片手でいつもの黒槍を正面に突き出してから。

「うっしゃぁぁぁ！　正面空けろ！　突っ込むぞぉぉ！」

叫び声と共に、俺は勢いに任せてドラゴンの口の中へと飛び込んだ。

そして脳天に向かって槍を突き刺し、トリガーを引き絞るのであった。

俺も含めて、理性的な奴はマジで中島しか居なかった様だ。

# 【第八章】★竜殺し

ズドンッ！　とお腹に響く音を立てながら、黒い鎧の男性は竜の口から飛び出してきた。

どうやら〝中〟から攻撃を仕掛けたらしい。

ドラゴンの口の中に飛び込むなんて、私には絶対真似出来ない。

怖くないんだろうか？

とんでもない戦場を眺めていれば、やはり上手く行く事ばかりではない様で。

「あ、危ない！」

繭から飛び出している片腕に、見事に引っ叩かれる先程の男性。

『望！』

「うんっ！」

すぐさま回復魔法を強化させ、吹き飛ばされた彼に向ける。

壁に激突し、土煙を上げてはいるが。

「マジで死んだかと思ったわ……サンキュ、聖女様。助かったぜ」

その煙の中から飛び出した黒い影が、再びドラゴンに向かって突っ込んでいった。

凄い。

あんな攻撃を喰らった後なのだ、死ぬかもしれない一撃を受けた後なのだ。

心が折れてもおかしくない、だというのに。

『強いね、人間は』

「うん、凄く強い。ビックリする程に、逞しいよ」

思わずそう呟いてしまうくらいに、彼等は勇敢に戦っていた。

ドラゴンだよ？　お伽噺《とぎばなし》の強敵だよ？

だというのに彼等は怯む事なく立ち向かっている。

もうなんだろう、強いて言うならアクション映画だ。

走り回りながら跳躍し、舞う様にして矢を放つ者。

ドラゴンの正面に立ちながら力押しで攻撃を薙ぎ、反撃を入れている者。

更には影の様に竜の死角に回り、ひたすらに刃を突き立てる者。

そして何より。

「しゃぁぁぁ！」

正面きって、ドラゴンと対峙する者。

彼等は、異常だ。

どう見たって、人間がやる所業ではない。

なんて風に思ってしまう訳だが。

「異様に見えるでしょうね、貴女《あなた》からは」

静かな声が、背後から聞こえた。

振り返ってみれば、燕尾服と鎧を組み合わせたスタイルの男性が静かに頭を下げている。

「貴女をお救いに参りました、クラン〝悪食〟。その末端、中島と申します」

「悪食……えっと、中島さん、でよろしいでしょうか？　前に会いましたよね？」

「はい。貴女同様〝向こう側〟の人間。〝ハズレ〟とされ、城から放り出された異世界人です」

「あの、その節は……お力になれず……」

「いえ、気にしないで下さい。そのお陰で私はこうして、〝狩人〟にも〝教師〟にもなれましたから。今では何の恨みもありはしません」

「は、はぁ」

私達が会話をしている内にも、再び攻撃を繰り広げるドラゴン。

「あ、あぶない！」

バクンッと牙を向きながら首を伸ばす竜に対し、彼等は軽いステップとバク宙なんかをかましながら難なく危機を回避する。

思わずふぅぅ……と息を吐き出していれば。

「防御魔法などは、使えませんか？」

後ろの人から、そんな声が掛けられてしまった。

お城に居る時に様々な魔法を教えられたたし、聖女の称号のお陰で多くの支援魔法が使えるのは確かだ。でも……。

「えっと、すみません。私、その……あんまり一度に多くの事を考えるのが苦手で……いつもこうなんです、一つの事にしか集中出来なくて。だから、普通に生活するにも誰かに助けて貰ってばっかりで……駄目なんです、私。普通の事が普通に出来ないんです」

「言葉通りなら発達障害の類、ですか？　医師の診断は？」

「はい、お医者さんからもそう言われました。だから、その……」

「ふむ」

彼はひとしきり首を傾げた後、ピンと人差指を伸ばしてみせた。

「では、こう考えて下さい。〝仲間を守る〟。ただ、それだけを考えて頂ければ結構です。我々は仲間です、その仲間を守る為に出来る事をする。難しい事を考える必要も、並列で色々と考える必要もありません。ただ、〝守る〟。その為に、その場で出来る事をする。たったそれだけに、注力しましょう」

「えっと……」

『大丈夫、出来るよ』

胸の奥から、カナの声が聞こえてくる。

彼女は出来ると言った、目の前の彼は〝やれ〟とも言わないし、〝出来ないのか〟と落胆する様子も無い。だったら……！

「っ！　あぶない！　〝プロテクション〟！」

盾の人が噛みつかれそうになった。

だからこそ、防御壁を展開してみれば。

魔法の壁に阻まれて、ドラゴンは忌々しそうに顔を引っ込めた。

ソレと同時に、展開している回復魔法を更に強くする。

やった、出来る……私も、ちゃんと役に立てるんだ！

「お見事です」

『凄いじゃないか望、どんどんいこう』

二人の声を受けて、私は拳を握りしめた。

出来る、私にもやれる事はある。

守る、仲間を守るんだ。

それだけを考えて、たったその一つだけを考えれば。

私も〝役に立てる〟んだ。

「はいっ！　頑張ります！」

元気な声を上げれば、燕尾服の彼は戦場を指さした。

「ホラ、次が来ますよ。〝竜人〟のお嬢さん？　〝守る〟、一言で言っても難しい行為です。でもその一つに集中すれば、貴女は何処までも強くなれる。だったら……強くなりましょう、私達と共に」

「……はいっ！」

いつもよりクリアな思考の下、魔法を連発する。

防御、回復、バフ。

その全ては、〝守る〟為に。

きっと考え方と、カナのお陰ではあるんだろうけど。

それでも嬉しかった。

やっと一人前に成れた気がして、私にも出来る事が見つかった気がして。

『凄い……途中で望に魔法を止めて貰ったから不完全に復活したとはいえ、竜と互角に戦っている。望も凄いね、ちゃんとサポート出来てるじゃないか』

「流石は聖女様ですね。皆様がココまで自由に戦えている姿は、滅多に見られませんよ」

二人共、私の事を褒めてくれた。

ちゃんと役に立っている。

私みたいな半端者でも、戦えているんだ。

「もっともっと、頑張ります！」

今一度意気込んで、両手をかざしてみれば。

「いえ、肩の力は抜きましょう。一人で抱え込む必要はありませんよ？」

そう言って、優しげな笑顔を向けられてしまった。

えっと、どういう事だろう？

今までは頑張れとか、出来ないのかとか。そういう言葉ばかり掛けられていた私には、彼の言葉の意図がよく分からない。

「我々は人間です、出来ない事は沢山あります。だから、出来る事をやりましょう。出来ない事は、仲間を頼れば良いのです。そしてここには、頼もしい仲間がこんなにも集まっている。出来る事は、徐々に増やしていけば良いのです。すぐに全てを担う必要はないんですよ？」

彼の視線の先には、多くの黒い鎧を着た人達が戦っていた。

「任せて！　止める！　西君追撃よろしく！」

「うっしゃぁ任せておけ！　ていうか最初以外毒が効いてる雰囲気がねぇ！　チマチマやっても埒《らち》が明かねぇなこりゃ、南ちゃんマチェット！」

「どうぞ西田様！　この短時間で耐性を付けたか、回復しているのかもしれません！　こちらでも援護します！　無理だけはせずに！」

ドラゴンの一撃を受け止める重戦士に、飛び回る忍者みたいな人。

そして獣の耳を生やした少女が、追走する様に飛び回っては武器を投げ渡している。

「アズマさん！　合わせます！」

「爬虫類！　冬眠でもしていなさい！　〝氷界〟！」

「北、そろそろ出番。派手にやって」

重戦士と共にドラゴンを殴りつける女の人に、強力な攻撃魔法を使い続ける魔女。

そして、華麗に空中を舞いながら矢を放つ少女が視線を向けるその先には。

「うっしゃぁ！　正面空けろ！」

真っ黒い、獣が居た。

その両手に槍を構えて、低く腰を落として。

「さて、どうしますか？」

「っ！　バフを掛けます！　それから……」

「それから？」

「黒い鎧の人！　全力で突っ込んで下さい！　どんな攻撃も私が止めて、怪我しても全部治してみせます！　〝聖女〟、舐めないで下さい！」

「上出来です」

そんな会話をしながらバフ、回復、防御の魔法を一遍に彼へと放てば。

眼前の黒鎧は身の丈よりも大きい槍を正面に構え、ドラゴンへと突っ込んでいく。

竜も彼の事を一番警戒しているのか、周りの人達が竜を抑えようと奮闘しているにもかかわらず、槍を持った彼に対してブレスを放った。

『大丈夫。今の望と私なら、ちゃんと守れるよ』

「……うんっ！　黒い鎧の人！　そのまま行って下さい！」

「シャァァァ！」

私の声を信用してくれたらしい彼は一つ頷いてから、力強く跳躍しドラゴンのブレスに突っ込んでいく。

そして、自ら高火力の魔法に向かって正面からぶつかり合い。

「穿て！」

ブレスをかき分ける様に黒い獣が飛び出したかと思えば、竜の額に刺さっていた黒い槍の柄に向かって、巨大な槍の穂先を器用に叩き込んだ。

突き刺さっていたその穂先を、更に相手の中へと沈めていく。

竜が、あの化物みたいに巨大な獣が悲鳴を上げていた。

「弾けろ！　トカゲ風情が！」

彼が叫んだ瞬間、槍の先端が爆発した。

それはもう、鼓膜を震わす程の勢いで。

ズドンッ！　と、お腹に響く炸裂音と共に、最初に刺さっていた黒い槍を撃ち出した。

更に奥へ、更に深く突き刺さる様に。

ソレはまるで銃弾の如く、刺さっていた黒い槍は竜の額へと飲み込まれていった。

「す、すごい……」

「アレが我々のリーダー、クラン〝悪食〟の旗印。彼の称号は〝デッドライン〟。ホント、納得ですよね」

そんな声と共に、今。

ドラゴンは脳天から煙を上げ、ゆっくりと地に伏せる。

竜と比べればとてつもなく小さく見える彼等。

だというのに私には、とても大きくて頼もしい背中に見えたのであった。

※※※

「っしゃぁぁ！　どうだ⁉」

ぶっ倒れたドラゴンを睨みながら、再び全員で武器を構える。

だが、ピクリとも動いていない……様に見えるが。

「迂闊に近づくなよ？　死んだふりかもしれん」

「こうちゃん、こういう時こそ遠距離攻撃だろ」

「もしくは石でも投げてみる？　急に暴れ始めるかも」

ジリジリと近づいていき、更に観察するが……やはり死んでいる様にしか見えない。

本当に大丈夫だろうか？

だってこれだけデカいのだ、まだ分からない。

零距離で暴れ始めたら、流石に即死ダメージを貰う可能性が……。

「ご主人様方……あの、心臓や脳を破壊されればいくら竜でも死ぬかと思われます」

「北が最後に脳天釘打ちしたから、多分平気？　一応もう一回撃っておく？」

そんなセリフを放ちながら、白がドラゴンの眼球に矢を放つ。

トスッと軽い音が響き、何事もなく眼球に突き刺さったが……竜は動かない。

「マジか……」

「やったよ……やっちまったよ……」

「僕達、本当にドラゴン狩っちゃった……」

俺達はフルフルと体を震わせ、グワッ！　と両腕を振り上げた。

ついに、ついに！　夢にまで見た竜を狩ったぞ！

「これでハンターだぁぁ！」

「〝一狩り行こうぜ〟達成だぁぁぁ！」

「やっと一人前だぁぁ！」

「皆の狩人に対する合格ライン高過ぎない⁉」

アイリが驚愕の表情で突っ込んでくるが、今はそれどころではない。

俺達は、ゲームの世界に片足を突っ込んだのだ。

今まで散々獣達は狩ってきたが、やはりハンターと言えば竜を狩るモノだろう。

俺達が今まで戦っていたのは獣であり、モンスターではないのだ。

いや、魔物はモンスターか。

しかしそんなもんどうでも良い！　今は竜じゃ！

「ファンファーレだ！　ファンファーレを鳴らせ！」

「剥ぎ取り！　剥ぎ取りしようぜ！」

「もうマジックバッグにそのまま突っ込んじゃおう！　全部お持ち帰りだよ！」

周りの連中もビックリなテンションのまま、俺達はドラゴンをマジックバッグにそのまま突っ込み始める。

まさに大収穫。

聖女様はちょっとばかり進化してしまったが、無事確保。

主犯格が食われてしまったのは色々アレだが、のびている教会の連中は前の広間にゴロゴロ転がっているのだ。

だったら犯人確保としては十分だろう。

そして、何と言ってもこの竜。

素材はどんなものに使えるのか、ドラゴン肉はやはり旨いのか。

毒使っちまったけど、途中から効いてなかったみたいだし大丈夫か？

一応クーアに解毒魔法を使って貰って、西田に解毒薬も準備して貰ってから焼けば何とかなるだろう。

多分、きっと。

もっと言うなら毒使ったからなんて理由で、コイツを喰うのを諦めるなんてありえない。

もはや色々考えるだけでもテンションが上がる、筈だったのだが。

「あん？」

ゴゴゴゴッと音を立てながら、地面が揺れ始めた。

おい、待てよ。

ここにきて、パニックホラーお決まりの自爆装置とか止めろよ？

なんか、本当にそんな感じの揺れなんだが……。

「リーダー！　足元を見て下さい！　大掛かりな魔法陣です！」

「マジでやめろよぉぉぉ！　アナベル、こりゃ何が起きる魔法だ⁉」

難しい顔をしながら、彼女は随分と大きな魔法陣に目を落として眉を顰《ひそ》めた。

「〝転移〟と〝崩壊〟……ですね。いざという時は証拠を残さず、他の地に逃げる計画だったのでしょう。そのトリガーとなっているのが……」

「竜の死亡、か？」

「おそらく。無事復活させられなかった時の保険、という事なのでしょう」

「……全員撤退ぃぃ！　って、出口がねぇぇ！」

「任せて下さい！　竜さえ居なくなればこんな瓦礫すぐ退《ど》かしてみせます！」

竜をバッグに突っ込んだ俺達は、アナベルに道を作って貰ってから一斉に走り出した。

来た道を、とにかく真っすぐ戻る。

角の生えた聖女様とアナベルを東が担ぎ、他の面々はひたすらダッシュ。

そして、見えてくるのは当然。

「ゲッ……」

「ご主人様！　無視するべきです！　気持ちは分かりますが、どれ程猶予が有るのか分からないのですよ⁉」

目の前には、俺達がぶっ飛ばした教会の連中が。

怪我をして動けなくなっている奴ならまだしも、完全に気を失っている者も多い。

放置すれば……間違いなく崩落に巻き込まれる事だろう。

「キタヤマさん！　いくら何でもこの数は無理ですよ！」

「彼等は〝そうなる〟だけの罪を犯した連中です！　私達が全てを救ってあげる必要はありません！　どうなろうと貴方に責任はありませんよ！」

メンバー達からは似た様な言葉を貰う、〝見捨てろ〟と。

彼等は国に喧嘩を売る事に加担し、聖女の称号を持っているとはいえ、子供と言える年齢の女の子を攫う様な犯罪者だ。

自業自得、正直俺もそう思う。

自分で蒔いた種だ、俺達が尻拭いをしてやる必要なんか無い。

だというのに、ムカムカした感情が胃の中に溢れてくる。

仲間の安全の為には間違いなく全員見捨てるべき。

分かってはいる、しかし凄く気持ち悪いんだ、後味が悪いんだ。

まだ意識がある奴なんか、必死でこちらに向かって手を伸ばしてきやがる。

〝助けてくれ〟と、そんな身勝手な言葉を放ってきやがるんだ。

「聖女様よ、コイツ等を治すのにどれくらい掛かる？」

「ご主人様！」

「分かってる！　だが、全員を見捨てる必要はねぇ！　それに証人は必要だろうが！」

思わず大声で返してしまうと、南はシュンと耳を下げる。

すまんと謝りながら南の頭に手を置いていれば。

「最後まで付き合いますよ、リーダー。私の命も、私の我儘も掬い上げてくれた悪食の為なら、安いものです。私自身も、相手がどうであれこのまま捨て置くのは気が引けますからね」

中島が、そんな事を言いながら頭を下げる。

これは俺の我儘であり、コイツ等を付き合わせる必要なんて無い。

だからこそ、仲間には撤退指示を出して俺だけでも残れば良いとも思ったのだが。

「らしくねぇぜ、こうちゃん。いつも通り勢いだけで指示出せば良いんだよ。それに付き合ってやれんのは、俺等くらいだからな」

「ま、ここで悩んでる方が時間の無駄だからね。それこそ自由参加で良いんじゃない？　あ、僕は参加でよろしく。担いで避難するなら、力貸すよ？」

西田と東の二人も、バシッと背中を叩いて来る。

どうやら、少なくとも男性陣は付き合ってくれるらしい。

思わずハッと笑い声を洩らしながら、聖女様の方を振り返ってみると。

「全員、治せば良いんですね？」

「あぁ、動ける奴には自分で動いて貰う。それ以外は……可能な限り担ぐ」

「凄いですね、ヒーローみたい……」

「そういうの良いから、どれくらいで治癒出来――」

「〝全部〟使い切れば、今すぐにでも」

「はい？」

聖女様が手を掲げれば、先程俺達にも使っていたであろう大規模魔法が展開した。

その魔法陣はこの大部屋全てを包み込み、そこら中で教会の信徒達が立ち上がり始めた。

……マジか？　この人数を、一瞬で治療したのか？

しかも、さっき竜と戦ってきたばかりだというのに。

勇者といい聖女といい、ホントとんでもない奴等ばかりだ。

「流石に、ちょっと……魔力使い過ぎた、かも……」

とはいえいくら何でも限界が来たのか、そのまま聖女様はパタリと気を失ってしまったが。

倒れそうになる彼女の身体を東が支え、そのまま片手で担ぎ上げる。

「ま、こうちゃんだからな。放っておけって言っても、一人で残ろうとするぜ？　自由参加なんだろ？　俺も付き合うぞ」

「南ちゃんは聖女さんをお願いしても良い？　僕は他の人担がなきゃいけなくなったから」

南が無言のまま首を縦に振れば、東と西田が南の頭にポンポンと軽く叩いている。

「はぁ……もう！　仕方ないわね！　身体強化使って可能な限り私も拾っていくから、それで良いでしょ⁉　リーダー！」

盛大なため息と共に、怒った様な口調でプイッとそっぽを向いてしまうアイリ。

なんだかんだ言って、俺の我儘に付き合ってくれるみたいだ。

「でも時間が無いのは確か。拾える人は拾うけど、手が足りなければ捨てていく。いいよね？　仲間の命の方が大事」

やれやれとばかりに首を振りながらそう提案してくる白に対して、頷いて返した。

「分かりました……私も浮遊魔法を使ってお手伝いします。ちょっと魔力消費が多いんですけど、数人くらいだったらいっぺんに運べますから」

アナベルも呆れた様な、しかし柔らかい笑みを浮かべながら一つ頷いてくれる。

すまねぇ、もう一度皆に頭を下げてから南と向き直った。

「ご主人様……」

少しだけしょんぼりした様子。

普段あんな風に声を上げる事が無いので、尾を引いている様だ。

「怒鳴って悪かった、南。でも、すまん。お前は聖女を連れて先に戻っても良いんだぞ？」

「いいえ、私も残ります。ご主人様達はそういう人ですから」

困った様に笑う彼女に、此方も苦笑いを返してから。

改めて正面を向き……叫んだ。

「おらぁ！　てめぇら！　死ぬ気で走れ！　ココはぶっ壊れるらしいからな！　外まで全力で走れ！　足が千切れても走れ！　今更逃げようとすんなよ!?　外には魔獣も居るんだ、食われたくなきゃ俺等が到着するまで外で大人しく待っとけ！　そしたら……全員助けてやる！　うっしゃぁぁぁ！　いけぇぇ！」

号令と共に、全員が走り始める。

ドドドッと物凄い音がする勢いで、真っ白い服に身を包んだ信徒達はひたすら外に向かって駆け出した。

そりゃもう、本来禁止されているどっかの即売会開幕ダッシュの様に。

「うっし、俺等も行くぞ！　途中にも転がってるから、可能な限り拾う。いいな？」

「「了解！」」

俺達〝悪食〟メンバーも、その後に続いて走り出すのであった。

※※※

「この振動はいったい……姫様、竜は本当に死んだんですか？　皆は……無事なんでしょうか？」

勇者様の治療を続けながら、ハツミ様が不安そうな表情をこちらに向けてくる。

こんな時、〝絶対大丈夫〟と言ってあげられれば良かったのだが……。

「恐らく、としか。私に見えた英雄譚では、彼等は竜を倒していました。しかし、こうも地鳴りが続くと……些か不安になりますね」

〝表側〟の戦争が終わってから、しばらく経ったその頃。

私達は戦場に設置された治療用テントの中に、未だ滞在していた。

彼の傷は既に塞がり、腕は失う結果になってしまったが命を落とす心配は無いだろう。

流石は高レベルの勇者、傷の治りが異常に早い。

関心しながら治療に当たっていた頃、緩やかな地鳴りが始まったのだ。

それは静かにしていなければ気付けない程度なモノ。

きっと酒盛りをしているウォーカー達は気付いていないだろう。

本当にそれくらいの小さな振動、でももうずっと続いているのだ。

もしかして、彼等に何か……。

「おい、姫様」

「カイル様？」

テントの中に、ウォーカー達の要として働いてくれた戦士が顔を見せた。

その表情は随分と渋い。

「どうしました？　てっきり皆で楽しんでいる頃かと思ったのですが」

「んな事してられるか、せめて主要メンバーだけでもって事で警戒に当たってるよ。まだ〝竜〟の死骸を見た訳じゃねぇからな。って、そんなことより。気付いてるんだろ？　この地鳴り」

「はい……」

どうやら彼等ウォーカーの中にも、この異変に気付いた者達が居る様だ。

本当に何が起きた？　彼等は今どうしている？

何でも良い、少しでも〝英雄譚〟が視えてくれさえすれば……なんて事を思った瞬間。

「カイル、戻れ！　何か光が上がってる！　森の中だ！」

入り口の向こうから叫び声が上がり、私達も慌ててテントの外へと走り出した。

視線の先にあるのは……何かの魔法、だろうか？

断続的な光を放ちながら、随分と遠い空を照らしている。

いったい何なのかと、皆揃って光を注視していれば。

「……信号弾？」

ポツリと、ハツミ様が呟くのであった。

※※※

「周りに注意しろ！　洞窟よりいろんなもんが降ってくるぞ！」

ガタガタと震える床をどうにか踏みしめながら、ひたすらに走り続けた。

洞窟を抜け神殿へとたどり着いたまでは良かったモノの、振動に対してコッチの建物の方がむしろ弱かったのは予想外だった。

シャンデリアとか降ってくるし、そこら辺の柱やら大きな石像なんかも倒れてくる。

幸い今の所怪我人は出ていない様だが、前を走る信徒達はアッチで転びコッチで転び、なかなか思う様に進まない。

「だぁくそ！　一旦俺達だけでも外に出ちまうか⁉」

「そうは言っても、前にコレだけの人数が居るんじゃ無理だよ！」

西田と東も焦りの声を上げながらも、俺の隣を付いてくる。

その肩には神殿内で突入時にぶっ飛ばしてきた、伸びている信徒達。

俺や西田なんかは肩に一人ずつ担いでいるが、ウチのパワータッグは流石だった。

脇に二人担いで、掌では襟首を掴んで計四人を運んでいる。

「流石アイリさん、二つ名も、納得」

「シロちゃん後で覚えてなさいよ？　というか私も魔力限界が近いんですけど！」

アイリの方は身長の事も有り、かなり引きずっている様な形になっているが。

まぁ、死ぬよりマシだろ。

そんでもって、更に凄かったのが。

「アナベル、すまん。大丈夫か？」

「大丈夫ですよ、ココを出るまでくらいは魔力も持ちそうです」

浮遊魔法と言っただろうか。

彼女自身が杖に腰かけフヨフヨ浮いているのも凄いが、その周りには気を失った信徒達が六人くらい浮いている。

一見ネクロマンサーというか、人形使いっぽく見えて非常にカッコいい。

馬鹿な事を考えながらも、前方へと視線を戻してみれば。

「意外だったな」

「ま、全員が全員悪い奴じゃねぇってこったろ」

「だねぇ。許される訳じゃないけど、上司の命令で無理やりって感じもあったんじゃない？」

「こういう世界ですから。上の命令に逆らえばその身どころか家族すら危うくなる、なんてよく聞く話です」

俺達の前を走る信徒達や兵士の多くが、倒れた仲間達を運んでいた。

やはり魔術師が多く、単独で倒れている仲間一人を担ぐ事は出来なかったのだが、二人がかり三人がかりと協力し合いながら運び出していた。

走りながら治癒魔法を掛けている奴まで居る。

「とはいえこの揺れで思う様に進めない方も多い様で……サポートに回りますね」

「頼んだ中島、白も頼めるか？　コケてモタついている奴等も多いからな」

「うい、とっとと走らせる」

二人が正面集団の中に混じり統率を取り始めれば、幾分か集団が早く動き出した様に見える。

どうにかこのまま抜けられれば良いが……などと思っている内に、視線の先には俺等がぶっ壊した正面扉が見えて来た。

「おしっ！　もう少しだ！　このまま走り抜け――」

「ご主人様！」

南の叫び声に通路脇へと視線を向ければ。

「だぁくそっ！　フラグ立てた訳じゃねぇぞ！」

ドデカイ柱が、ゆっくりと此方に傾いて来た。

不味い、非常に不味い。

俺達は皆人を抱えている訳だし、足場がこの状態じゃ派手に回避も出来ない。

つうか避けても正面が塞がっちまいそうな程、デカい柱が倒れて来るのだ。

「アナベルさぁぁん！　ごめん！　お願いしまぁぁす！」

その身に担いだ信徒達をアナベルに向かって放り投げ、人をかき分けて一番前に躍り出る東。

そして、両腕を真上に構えた。

おいおいおい！　流石にソレは厳しいんじゃねぇか⁉

竜の攻撃をも防ぐコイツならいけるのかもしれないが、今は盾も持ってないし足場も悪い。

更に言えば、受け止めた瞬間崩れるかもしれないのだ。

なんて事を、心配していたのだが。

「は、早く通っちゃって！」

「マジかよ⁉」

ドゴンッ！　と、すんごい音を立てながらもその身より何倍も巨大な柱を受け止めた。

やっぱりウチのタンクは化物だ、とんでもねぇ。

思わず声を上げてしまう様な光景の中、その脇を信徒達が次々と通り抜けていく。

「だぁぁくそっ！　細かいのも降って来てる！　中島さん！　わりぃコイツ等頼む！」

「承知しました！」

続いて西田が担いでいたのを中島に投げ渡し、頭の上から降ってくる細かい瓦礫を空中で蹴飛ばし始めた。

とはいえ、人の頭より大きな瓦礫な訳だが。

必死の防衛が続く中、やはり悪い事とは続くモノで。

ビシリビシリと天井から嫌な音が響いて来たではないか。

「走れ走れ！　とっとと外に出ろ！　白は教会連中をさっさと連れ出せ！　アイリ、アナベル！　お前等も先に行け、アイリは特にその状態じゃろくに動けねぇだろ！　中島！　スマン俺の方のも頼む！　無理にでも担いで先行ってくれ！　俺も東のサポートに回る！」

「「了解！」」

次々と扉の向こうへ人が出て行く中、最後の俺達が東の隣を通り抜けた頃。

柱という支えを失った天井に大きなヒビが入り、ゴゴゴッと物凄い音を立てながら今までとは比べ物にならない塊が落ちてくる。

そりゃもう、天井その物が降って来る勢いで。

西田ならまだしも、今やっと柱を投げ捨てた所の東は間違いなく退避が間に合わない。

「南、突撃槍！」

「は、はいっ！」

聖女を背負っている南が、慌ててマジックバッグに手を突っ込んで俺の〝趣味全開装備〟をこちらに向かって投げ渡してくる。

ソイツを受け取ってから、すぐさま真上に向かって穂先を構えた。

こんなの上手く行く筈がねぇ、上手く行ったら奇跡だ。

とは言え、やらなきゃ埋まる。

思わずギリッと、強く奥歯を噛みしめてから。

「お前等ぁ！　祈りながら頭下げろぉぉぉ！」

跳躍して槍を突き上げ、トリガーを引き絞った。

ズドンッ！　と派手な音を立てながら、俺達に向かって降って来た天井は、突撃槍の爆発により目の前で砕け散るのであった。

# 【第九章】★　報告書※

〝報告書〟

これは公にしない文章である。

読み終えたら、即座に廃棄する様に。

書類の頭に、この文字列がある事に随分と慣れた私が居る。

「相変わらず、だな」

「そういう仕事だからね、私も今の環境を失いたくない。それと、この報告書は隅々まできっちり読む事だよ、支部長」

戦風のポアルが、普段なら絶対見せないであろう冷たい瞳でこちらを睨んでから、静かに部屋を後にする。

戦風に報酬の良いクエストを回す事を条件に、ギルドの斥候として働いて貰っている彼女。

とはいえ普段の立場は変わらない。

カイルだけには話を通し、〝秘密の頼み事〟をする際に彼女を貸して貰っている、という訳だ。

そして、今回彼女に頼んだのは。

「今回の戦争の〝表と裏〟……その報告書か」

彼等が……悪食の主力メンバーが消えてから、もう数週間が経った。

はぁぁとため息を溢しながら、報告書を捲る。

『最初に言っておく、何故彼等を止めなかった。聖女救出、教会との敵対。それは一つのクランでどうにか出来る問題じゃない。何故、〝悪食〟だけに頼った。彼等なら、そう思う気持ちは分からなくもない。けど彼等だって人間だ、ウォーカーだ、〝特別〟じゃない。もしも彼等が帰って来ないと分かったその時、私は……私達〝戦風〟は、この街を出ていく。アンタの力には、もうならない』

「全く、その通りだな……我ながら情けない」

今度は、ため息すら漏れなかった。

いつだっておかしな事をやらかしてきて、だと言うのにキッチリとやり遂げてくるアイツ等。

そんな彼等だからこそ、心の何処かで油断していたのだろう。

きっと今回も無事に帰って来て、また生意気な事を言うのだろうと予想していた。

その結果が、コレだ。

「……読むか」

椅子の背もたれに身を預けながら、憂鬱な気持ちと重い体を動かしてページを捲るのであった。

※※※

勇者の仲間、そして悪食メンバーのハツミが言った〝信号弾〟を確認してから、その場で動けるメンバーは総出で森の中を走り抜けた。

夜に魔獣の居る森に入るなど常識外れも良い所だ、だというのに駆け抜けながら視線に入ってくるのは血の海。

まるで信号弾の上がった方角に一直線に何かが突き進んだかの様に、そこら中に血液がこびり付いている。

降り積もる雪の下に透けて見える程の赤。

周囲の闇に紛れてはいるものの、周りの木々にこびり付いていた。

戦った痕跡をあえて探すのが馬鹿らしくなる程、そこら中に血痕が残っているのだ。

もはや、血の跡や匂いを追って行けばたどり着きそうな程に。

数日は経っている筈なのに、こんなにも戦いの痕跡が残っている。

「何匹狩ったんだよ……見当もつかねぇな……」

私達〝戦風〟のリーダー、カイルがそう呟く気持ちも分かる。

それくらいに、血の海が淡々と続いているのだ。

しかしながら、目の前には魔獣の死体も魔石の一つも転がっていない。

時折視線の端にソレらしいモノを見かけた気もするが、流石に確認する余裕も時間も無かった。

魔術師達から異常な程バフを貰った私達は、普段では考えられない速度で森を駆け抜けていく。

これだけでもかなりの時間短縮にはなっているのだが、さっきから全くと言っていい程魔獣が現れないのだ。

まるで全て悪食が食いつくしてしまったのかと思う程、静かな森を走り抜けた。

そして、その最終地点にたどり着いてみれば。

「ふざけないでよ！　アンタ達はそんな恰好良い終わり方する奴等じゃないでしょ！」

「退け！　退きなさい！　邪魔なのよ！」

「ヤダ！　嫌だ！」

正直、目を疑った。

悪食メンバーの女性陣。

彼女達がその身が壊れる事も厭わず、崩れた瓦礫の撤去をしていたのだから。

「入り口付近の大きなモノを退かします！　手を貸して下さい！」

悪食のナカジマ。

普段冷静な姿しか見た事が無い彼もまた、必死に声を上げていた。

彼も他の面々同様、その掌をボロボロにしながら瓦礫を投げ飛ばし、周囲に居る教会の信徒達や裏切り者の兵士達に指示を飛ばしている。

そして、それに素直に従う面々。

本当に、意味の分からない状況だった。

「皆さん！　どうしたのですか!?」

悪食メンバーであり、表側の戦争に参加していたハツミが彼等に走り寄れば。

「この下にリーダー達が居るの！　お願い！」

「……っ！　退いて下さい！　一気に片付けます！」

まさに魔力を振り絞る勢いで、〝影〟が瓦礫をどかし始めた。

圧巻という他ない。

魔女でさえ魔力が尽きたのか、素手で瓦礫を退かしている中。

彼女は〝影〟を使って数多くの瓦礫をいっぺんに撤去し始める。

しかし〝彼等〟は見つからない。

いくら探しても、どれだけ瓦礫を退かしても。

あの、軽い調子の声が聞こえてくる事は無かった。

その姿も、そして〝遺体〟さえも。

何一つ、見つからなかった。

※※※

「やはり……駄目だったのか……？」

あの日から、悪食はウォーカーとして活動していない。

子供達は一応ギルドを通した仕事を毎日こなしているが、残された主メンバー達はめっきり顔を見せなくなってしまったのだ。

アイリだけはギルドの受付として姿を見せてくれるが、その表情は死んでいるどころか人形の様だった。

毎日訪れるお客に対し、マニュアル通りの対応をしている。

その目元に真っ黒いクマを残しながら、淡々と。

そして魔女、アナベル・クロムウェル。

彼女は子供達に魔法を教えながらも、街中には一切顔を見せなくなってしまった。

まるで、以前恐れられていた〝魔女〟だった時の様に。

アイツ等と一緒の時は、随分と気軽に買い食いなどしていた彼女は……もう見られないかもしれない。

そしてナカジマとシロ。

二人もまた〝孤児院〟の活動としては手を抜いていないようだが、街の中で顔を見たと言う者は殆ど居ない。

今では、あの時残っていたクーアが代行として孤児院の営業活動などをやっているくらいだ。

その彼女も、随分と酷い顔色をしているが。

「もう、〝悪食〟は居ないのか？　なぁ……キタヤマ」

天井を眺めながら、そんな言葉をぼやいてしまう。

本当に情けない、何をしているんだ私は。

ギルド支部長が、一つのクランに必要以上に肩入れする事などあってはならない。

利益の為ならまだしも、感情だけで深入りするなど論外だ。

だがしかし、どうしても思ってしまうのだ……〝アイツ等なら〟と。

「ふぅ」

一つ息を溢しながら、再び報告書をめくると。

「なっ⁉」

そこには、僅かな〝希望〟が報告されていた。

本当に細い、蜘蛛の糸よりも細い希望が。

だとしても、そうだとしても。

アイツ等なら、絶対にやる。

そう断言出来る。

なんたって俺の知っている悪食は、何処までも強情で、何処までも真っすぐで。

そして何より〝生きる〟為には最後まで足掻き、希望を捨てない奴等だったのだから。

※※※

その後の追記報告。

完全に撤去された〝神殿〟の瓦礫の中からは、やはり彼等は発見されなかった。

しかしその奥から、崩れかけの洞窟が発見された。

悪食の話によればこの先で〝竜〟と戦ったらしい、そして勝利したと。

本来であれば鼻で笑う内容だっただろうが、あえて言おう。

彼等は間違いなく竜を殺した事だろう、なんたってあの悪食だ。

規格外、常識の外側。

そういう所で生きる彼等が、もうお伽噺にしか登場しない〝竜〟を殺したと言うのであれば。

私は、戦風は信じる。

今では〝ホラ吹き王子〟なんて呼ばれている元王子、アムス。

彼が本当に竜を復活させた事も、彼等悪食が狩った事で証明出来るのだろう。

証拠なんぞ残っていないのかもしれない、だが彼等が〝狩った〟と言ったのだ。

だからこそ次に彼等と会った時、私達は問おうと思う。

〝旨かったのか？〟と。

そしてソレを封印し、抑えていた洞窟。

教会の人間が拵えた魔法では、崩れはしたものの完全に破壊する事は無理だった様だ。

更に、最奥に用意されていた魔法陣はソレだけでは無かった。

〝崩壊〟と〝転移〟。

逃げ道として使う予定だったのだろうが……行き先の刻印場所が割れていたのだ。

多分〝崩壊〟の影響だろう、しかし。

「使った痕跡があるのぉ……〝転移〟の魔法陣を。まさか……」

戦風のザズが、確かにそう言った。

転移の魔法陣とは、非常に細かい調整の必要な技法。

何十年と掛けて、やっと完成するかどうかの代物だ。

それの行き先が壊れた状態で使用するなんて、〝普通じゃない〟。

下手すれば体がバラバラになったり、行き先を失い死ぬまで転移を繰り返すかもしれない。

だがそんなものは、そんな危険は、彼等にとって〝今更〟だ。

彼等に魔法は使えない。

設置型の魔法陣でさえ、起動させる事も叶わない。

しかし悪食のミナミや、救助対象だった聖女なら話は別だ。

だからこそ、断言しよう。
彼等は生きている、〝悪食〟は生きている。
今この時も、何処か私達の知らぬ場所で。
多分、一緒に消えた聖女と共に。
理由など無い、証明しろと言われても出来ないが。
だが、ソレが彼等なのだ。
常識外れで、何処までもぶっ壊れていて、更には滅茶苦茶強い。
それが、私達戦風の知る悪食だ。
どんなに細い糸だろうと掴み取り、我が物とする。
それが〝悪食〟なんだ。
ウチのリーダーすら憧れた、恰好良い奴等なんだ。
だから、こんな所で死ぬ訳が無い。
見てろよ支部長！　絶対その内、アイツ等フラッと帰ってくるからな！

# 【第十章】★　吉報

早いもので、戦争が終わってからもう数ヶ月が過ぎた。

「一番上とは、何かと大変ですが退屈なモノですね……」

「まぁ、致し方ないですね」

そんなお言葉を貰いながら、私は書類に埋もれていた。

民の要望に、貴族の企画書や報告書やら何やら。

その他諸々、それはもう紙の山の如し。

貴族の書類に関しては色々と面倒事や、偽造書類などという事もあるので目を皿にしなければいけない。

お父様は戦争を控えながら、これ程の仕事をこなしていたのか……なんて思うと、自らの甘さが身に染みて分かるというものだが。

「本日のお仕事はソレだけになります。他は……目に余る内容だったので焼却処分いたしました」

「相変わらずですね、フォルティア卿」

「貴族代表として〝お手伝い〟を任命されたからには、これくらいなんでもありません。全く、貴族もまだまだ馬鹿が多くて困ります」

「本当に、相変わらずですね」

呆れた言葉を洩らしてみれば「はやく仕事しろ」と言わんばかりの笑みが返ってきた。

うん、やっぱり貴族怖い。

思わず視線を逸らし、筆を走らせたその時。

「姫様！　今〝ロングバード〟が届きまして！　って、あぁちげぇや……失礼いたします、ただいま他国より――」

「ギルさん、いつも言っていますが普段通りで大丈夫です。それで、どうしました？　他国からというと、獣人の立場改善の件ですか？　それとも魔獣肉や魔人に対する内容の情報公開の件ですか？　はたまた、お見合いか何かですか？　まさかとは思いますが、他の面倒事ですか？」

机にベチャッと顔を伏せながら、もう嫌ですとばかりに声を上げる。

私が頂点に立ってから、そりゃもう色々と〝我儘〟を言った。

その結果、我儘を叶える為の仕事がこの身に降り注いでいる。

なので、文句など言える筈も無いが。

「い、いいえ。ロングバードが運んで来た手紙に、気になる物がありましてね？」

〝黒腕〟のギル。

その二つ名を持った彼が、どうしたものかとばかりに困り顔を浮かべている。

随分と質の良い、王宮の騎士団に与えた制服に身を包みながら。

そして〝ロングバード〟、こちらはその名の通り長い距離を飛ぶ伝書鳩。

鳩ではないか、渡り鳥だ。

しかし〝ディアバード〟と違って、国々の鳥籠に向かって飛び立つだけの単調な動物達。

長距離を短時間で飛ぶ訳だから、単調とも言えないのかもしれないが。

なので一括で国が管理し、貴族や商人に渡す手紙はコチラで確認してから再度ディアバードで国内に配達する流れとなっている。

ロングバードの住みやすい季節に合わせて移り住むらしいが……この国に来るのは一年に一回くらいなもの。

それこそかなりの重要案件じゃなければ、ロングバードに手紙を乗せる事は無いだろう。

国同士で言えば〝お見合い〟も相当大事な話なので、色々届いたりはするらしいが……これから増えたりするのだろうか？

なんて事を思ってため息を溢していれば。

「随分と遠い国。それこそ海の向こうって程遠いんですが……〝悪食の報告書〟、と書かれています。ただギルド支部長宛なんですよね。差出人も、向こうの国のギルド支部長です」

その言葉を聞いた瞬間、ガタッと音を立てて私は立ち上がった。

「フォルティア卿、馬車の準備を！　今からギルドへ向かいます！　ハツミ様！　居ますか⁉」

「はい、何でしょうか。今はまだ休憩中だった筈ですが……」

私の影から姿を現した彼女に対し、すぐさま〝お願い事〟を頼む。

「勇者と悪食の皆さまを集めて下さいませ！　〝彼等〟から、連絡が来ましたわ！」

「っ！　了解っ！」

勢いに任せて叫べば、彼女はすぐさま影に潜っていった。

私が選んだ親衛隊、と言って良いのか分からないが。

守護してくれる人達を選んだ結果、殆どがウォーカーの皆様になってしまった。

戦姫、黒腕。

戦風には騎士を断られたが、いつでも声を掛けて良いと返事を貰い、悪食からはハツミ様を借りている状態。

そして、フォルティア家からは長女のイリス様が。

更にはその父君のダイス様まで私の側近を務めて下さる状態。

私の様な小娘が一国を支える立場になったのだから、色々とガタガタになるのを予想していたが……予想外に上手く回っていた。

それこそ、ウォーカーと頼れる貴族達のお陰ではあるのだが。

やっと落ち着いてきた、という所にこの手紙である。

もう全ての仕事を投げ出しても、優先しなければいけない事例であろう。

「行きますよ！　私達も報告書を読みます！」

一つ叫んでから、私達は総出でウォーカーギルドへと向かうのであった。

※※※

「あっ、勇者様だぁ！」

「あら、ホント。今日は運が良いわね、ちゃんと御挨拶しなさい？」

「勇者様ぁー！　お仕事頑張ってー！」

市民の声を聞きながら、少しだけ微笑みを浮かべて〝黒い左腕〟をヒラヒラと振って返す。

戦争が終わって、アイツ等が居なくなってからしばらく経った。

あの戦争の後、前の王様はその立場を辞した。

今は自らが犯して来た罪の償いとして、一部の兵士達と共に魔人や獣人を保護する活動の為国の外で働いているという話だ。

というか今のトップに働かされている。

今ではお姫様であった彼女が上に立ち、貴族達を動かしながら国そのものを大きく変えていっているらしい。

詳しく説明されてもあまり理解出来なかったが、それでも王女様が〝女王様〟に変わって、この国が変わろうと少しずつ動いているのは確かな様子だった。

そして、俺はといえば。

「結局、公には罰を与えて貰えなかったなぁ……」

防衛戦での事、黒鎧に対して大怪我をさせた事。

その他魔人狩りに参加していた事などなど。

数え始めたらキリが無いくらいの罪、それらに対し俺は罰を求めた。

しかし、お姫様は首を縦に振ってはくれなかったのだ。

「貴方は王の命令に従っていただけですから。防衛戦の事も、罪には問えません。戦場でアレだけ活躍した〝勇者〟に罰など与えれば、民も兵士も黙っていないでしょう。今は国にとって大事な時期です、余計な不安は煽りたくないのです」

「でもっ！」

「ウォーカーの皆様も、貴方を後ろ指で差す者はもう居ないでしょう。ご遺族や被害者などは別でしょうが……罰を与えられない事が、貴方にとっての罰になる。とても陰湿ですが、私はそう判断いたします。しかしどうしても納得出来ないと言うのなら――」

任されたのが、国の防衛。

王子の奇行に参加させられた兵士が予想以上に多かった事で、兵の数が随分と減ってしまったのだとか。

なんでも司教と共に、随分な手を使って人を集めていたらしい。

恐喝なんて当たり前、家族を人質にされた者も少なくなかった。

だがやはり彼等の計画に自ら協力したり、権力や金の為に動いた者もそれなりに居た。

そう言った者達は見事に奴隷に堕とされ、死ぬまで強制労働の毎日。

それ以外には懲役刑と、労働。

今回の件に関与していない立場の低かった教会の人達が、今では必死の奉仕活動で悪評の払拭に勤しんでいるらしい。

まあそんな訳で、国として失った戦力は結構大きかった。

その代わりとして俺が十数人分、下手したらそれ以上の仕事を任された。

マジでドブラックな労働環境になってしまったが、それだけでも俺にとっては十分な扱い。

聖女が……望が無事に帰って来るまで、俺は余計な事を考えずに働き続ければ良い。

だからこそ、その為に再び頭を下げた相手は。

「お願いします」

「てめぇ……誰に何を言ってんのか、分かってんのか？」

国を、民を守る為にどうしても失った〝左腕〟が必要だった。

だから、悪食のドワーフ達に頭を下げた。

それこそ、三日三晩。

マジで、冗談抜きにそれくらいの時間頭を下げ続けた。

その結果が、この左腕。

随分とゴツイ義手、その色は景色が反射しそうな程何処までも綺麗な〝黒〟。

「お前を許した訳じゃねぇ、お前に協力した訳じゃねぇ。しかし、〝守る〟為にお国にちょっと手を貸しただけじゃ。それに……あの馬鹿共ならお前に替わって頭を下げるだろうからな」

唖然としている内に採寸され、再び外に放り出されてからまた数日後。

出来上がった義手を投げ渡され、ポカンとしている内に扉を閉められてしまった。

閉ざされた扉に何度も頭を下げて、お礼を言って、俺は左腕を取り戻した。

異色、異形、異質。

その全てを兼ね備えた禍々しい義手は、これまで以上に俺を戦いやすくしてくれた。

国を守る為に、民を守る為に。

そして〝望を待つ〟為に。

この左腕と共に戦い続ける。

俺は今、みすぼらしいとも言える鉄色の鎧に黒いマントを羽織っていた。

姫様が〝黒い鎧〟を着る事を許してくれなかったのだ。

犯罪者の証とも言える、黒い鎧を。

アレは、この国にとって〝別の意味〟に変わってしまったからと。

多くは語らなかったが、そういう事……なのだろう。

「マントだけは黒にして貰ったけど、やっぱり鎧も黒がよかったなぁ……」

ポツリと呟きながら、太陽に義手を向ける。

東西南北全ての防衛ラインになれ。

〝何があっても〟国を守り切れという無茶振りではあったが。

それでも、だ。

俺はまだ生きて、好きな相手を待つ事が出来る。

「待ってるからな、望。黒鎧……俺の依頼、まだ終わってないよな？」

そんな事を呟いた俺の後ろに、スッと現れる友人の気配。

多分、俺の影を使って来たのだろう。

「どったの、初美」

「柴田、ギルドに向かうぞ」

「王宮騎士兼悪食の初美様のご命令とあれば、従わない訳にはいかねぇな」

ハハッと軽い笑い声を洩らしてみれば。

「ふざけている場合ではない、〝悪食〟から手紙が届いた」

「……は？」

「早くしろ。姫様と、それ以外の方々も今向かっている」

「すぐ行く！」

振り返った先の影に沈んでく彼女を見送ってから、俺は国の中へと走り始めた。

生きてた、やっぱり生きていた！

アイツ等も、望も。

思わず口元を吊り上げながら、俺はウォーカーギルドへと一直線に駆け抜けたのであった。

※※※

「毎度どーも」

「いつも悪いね、ノイン君。明日も頼むよ？　それで……リーダーさんからはまだ連絡が無いのかい？」

「えぇ、まぁ……」

配達の仕事中、受取先のおばちゃんから急に話題を振られた。

俺達悪食の子供達は、基本街中で仕事をしている。

だからこそ国内の庶民事情や噂話には詳しい。

それと同時に、俺達の話も流れやすくはあるのだ。

何たって、子供達がお客相手をしているのだから。

「早く戻って来ると良いねぇ……おばちゃん達は、というかここいらの人達は皆信じてるからね。

皆の所のリーダーが、簡単にくたばる訳が無いって！　だから元気出しな！　絶対平気だよ！」

「あはは……ありがとうございます。俺等も、そう思ってますんで」

もう、何度目だろうか？

こんな風に街の中で励まされたのは。

アイツ等が、キタヤマ達が居なくなってから随分と時間が経った。

その間も仕事を続けているものの、やはり何処か皆元気が無いのは目に見えて分かった。

だからこそ、こうして皆声を掛けてくれる。

でも、その度に……もしかしたら、と考えてしまう。

それが何処までも怖いと感じたんだ。

俺はもう、〝あの背中〟に追いつけないいんじゃないか？

そう思う度、胸の奥がギュッと握りつぶされたみたいに痛みを発する。

なぁ……お前等は今、何処に居るんだ？

思わず視線を下げてしまったその時。

目の前に、俺とおばちゃんの間に何かが降って来た。

物凄い速度でズドンッと、とんでもない音で着地しながら。

「なっ、なっ⁉　エルちゃんかい！　ビックリするじゃないか！」

「ごめん、おばちゃん。緊急事態だったから」

戦争を経験してから、というか勇者に会ってからだろうか？

何処か落ち着いた雰囲気を保っているエルが、何故かフル装備で目の前に降って来た。

何やってんだコイツ、街中だっていうのに。

「報告しろ、どうした？」

「ん、仕事に出てる〝悪食〟は皆ギルドへ向かう事。ナカジマ先生からそういう通達、あと伝言。〝彼等から便りが届いた〟って」

「っ⁉　マジか⁉」

「詳しくは分からない。だから、少年組のリーダーが〝笛〟を使って集めてくれって」

「わりぃおばちゃん！　また後で！」

「よく分かんないけど、頑張るんだよー！」

おばちゃんの声を聞きながら、俺達は民家の屋根へと登った。そして。

――ピィィィィィ！

甲高い音を鳴らす笛を、思いっきり吹いた。

それこそ、国中に届けとばかりに。

「近かったのはラッキー！　到着したよ！」

「おまたせ！　何⁉　緊急事態⁉」

続々と悪食の〝少年組〟が集まって来る。

誰しもそこら中の壁やら屋根を伝い、こちらに向かってとんでもない速度で集合して来る。

今日仕事に出ていたであろうメンバーが揃った所で、静かに息を吐いた。

「これからギルドに向かう、仕事が途中の奴は居るか？」

「「「もう終わったよ！」」」

「よし、そんじゃ行くぞ。なんでも、リーダーから手紙が届いたんだってよ」

「「「っ!?」」」

顎が外れるんじゃないかって程口を開けて驚く者、肩を揺らしながらその眼に涙を溜める者。

そして、やっぱりかと言わんばかりに口元を吊り上げる者。

様々だ、本当に個性豊か。

コレが、今この街に居る〝悪食〟。

まだ継いだ訳じゃないが、それでも俺達は日々強くなっている。

「他のメンバーもギルドに向かってる。急ごう、ノイン」

「おうよ、お前等行くぞ！　今日以降辛気臭い顔してる奴が居たら、その尻蹴っ飛ばすからな！」

「「「了解っ！」」」

チビ共の元気な返事を貰ってから、俺達はギルドへと向かって走り出した。

生きてた、やっぱり生きていた。

アイツ等の事だ、どうせケロッと帰ってくるだろうなんて思いながらも、やっぱり皆不安だったのだ。

もちろん俺もその一人、だからこそ。

「ったく、おっせーんだよ！　リーダー！」

目元を拭いながら、俺達は民家の屋根を伝って一直線に突き進むのであった。

※※※

コンコンッ、とノックの音が響く。

今は授業中、珍しい事もあるものだ。

「はい、どうぞ？」

扉の方に視線を向けてみれば、訪れたのはナカジマさんとシロさん、そしてクーアさんの三人。

皆ここ最近では険しい顔を浮かべている事が多かったが……今日は幾分か顔色が良い様だ。

「授業中に失礼しますね。アナベルさん……酷い顔色ですよ？」

「アナベル、ちゃんと寝てる？」

ナカジマさんとシロさんの二人から、いの一番にそんなセリフを吐かれてしまった。

それ程までに酷い顔色をしているのだろうか？

確かに子供達も、最近は心配そうな瞳で見つめて来る事が多い気がするが。

「ええ、一応。お酒の力も借りていますけど……ちゃんと眠っていますよ？」

あはは……と笑ったつもりだったのに、えらく乾いた笑い声が喉の奥から零れ落ちた。

「アナベル様……無理に笑うモノではありませんよ？」

クーアさんからも、心配そうな顔を向けられてしまう。

あぁ、駄目だな。

私はココでは先生なのに、皆のお手本にならなきゃいけないのに。

それでも、夜になるとあの時の光景が目に浮かぶのだ。

瓦礫の中に消える皆の姿が。

意識を失っている信徒達を運び出す事に必死になって、彼等の方まで手が回らなかった。

もしもあの時私がもっとしっかりしていれば、もっともっと強い存在だったのなら。

こんな〝今〟は、過ごしていなかったかもしれないのに。

何が魔女だ、何が恐ろしい存在だ。

私は少しだけ他人より魔法が使えるだけで、いざという時に大事な人達を救えない愚か者だ。

そんな風に考えると、眠れなくなってしまうのだ。

「ふぅ……今日の授業は終わりです」

パンッと一つ手を叩き、ナカジマさんがそんな事を言い始める。

一瞬、背筋が凍った。

私は、ココでも必要ないと判断されてしまったのだろうか？

昔の記憶が呼び起こされ、サッと血の気が引く想いで三人の事を眺めていると。

「北なら、多分こう言う。はい皆、〝四十秒で支度しな！〟。これからギルドに向かうよ、急に居なくなった三馬鹿と南から、手紙が来たってさ」

「ハツミ様が大慌てで〝影移動〟してきまして、そう伝えられました。街に出ているメンバーはエルに頼んで緊急招集を掛けております。付いてきたい子達は今すぐ準備なさい」

「「「準備完了です！」」」

「うむ、実に良いですね。常に移動、戦闘出来る状態を整えておく事。しっかりと覚えている様で何よりです、四十秒も必要ありませんでしたか。さて、アナベルさん。貴女は、どうですか？」

そう言ってこちらを再び振り返るナカジマさんは、いつもの微笑みを浮かべていた。

懐かしいとさえ感じてしまう程、最近見ていなかった〝あの頃〟の微笑みを。

「行けます、すぐにでも」

「では、参りましょう」

彼等から連絡が来た、つまり生きていたって事だ。

信じていなかった訳じゃない、彼等ならきっと生きていると思っていた。

でも、不安だったのだ。

〝もしかしたら〟が消えてくれなかったのだ。

しかしその苦しい想いが今、完全に溶けて無くなった。

彼等は生きている、再び私達の前に姿を見せてくれる。

それだけで皆元気を取り戻すくらいに、〝緊急事態〟であった。

「高速移動が苦手な子は私の魔法で一緒に飛びますよ！　走る子と飛ぶ子で分かれなさい、今すぐに！」

「「お願いします！　アナベル先生！」」

「すみません、私もお願いします。戦闘というか、そういうのにはからっきしなもので……」

申し訳なさそうに手を上げるクーアさんにも魔法を掛け、全員で飛び立つ準備を整える。

「それこそ四十秒でギルドに到着するくらい飛ばしますからね！　しっかりと掴まっておかない

と、どうなるか分かりませんよ！」

「「はいっ！」」

「お、お手柔らかに……」

こうして私達もまた、ウォーカーギルドへと向かった。

それこそ、孤児院を空っぽにする勢いで。

それくらいに重要な出来事なんだ、それくらいに待ちに待った吉報なのだ。

「待たせ過ぎですよ！　皆さん！」

この日ウォーカーギルドには、悪食に関わるメンツが一斉に集合し大混雑に見舞われたという。

コレが、貴方達の影響力ですよ？

貴方達を想う人が、こんなにも居るのですよ？

三人とも口を揃えて、勇者にはなれない、主人公にはなれないなんて言っていましたが。

皆さんは、これだけ多くの人々から想われる重要な人物になっているのですよ？

届かないその言葉を、私は空に向かって投げかけるのであった。

遠い場所であっても、同じ空の下に居る彼等に向けて。

※※※

今日もまた、いつも通りの受付業務だった。

「はい、これで問題ありません。この報酬であれば、数日中にウォーカーが向かうと思われます」

「え、あぁ……はい」

「しばらく経っても依頼を受ける者がいないなどの事態が発生した場合は、ギルドからディアバードを送らせて頂きます。問題なくウォーカーがそちらに訪れた場合は改めて状況の説明、依頼を達成した際には達成報告書に署名をお願いいたします」

「えっと、はぁ……分かりました。お姉さん、大丈夫ですか？」

「……はい？　危機的状況にあるのは、お客様の村です。こちらとしても出来るだけ早くウォーカーを向かわせる様促しますので、吉報をお待ち下さいませ」

「はぃ……分かりました。えっと、あんまり無理しないで下さいね？」

「はい、ご依頼ありがとうございました」

何度も此方を振り返ってくる依頼主を見送ってみれば、今度はキーリが声を掛けて来た。

「ねぇ……アイリ？　そろそろ休みなよ」

この子、客受けは良いのに仕事を随分とサボっている気がする。

なんでこう何度も声を掛けてくるんだろう。

「何言ってるの、受付は全然人が足りてないんだから休む訳にいかないでしょ」

ため息交じりに言葉を返してみれば、相手からは私よりも盛大なため息が返って来てしまった。

「あのさぁ……確かにアイリが居てくれると助かるよ？　でもね、そこまで真っ黒いクマ作って受付嬢が笑っていても怖いって！　仕事は正確、書類整理も完璧。でもね、今のアイリには生気が無いの！　前の死んだ目をしながら嫌々受付してた時の方が、まだ人らしかったってば！」

叫び声と共に、手鏡を突きつけられる。

そこには、随分と酷い顔の女が微笑んでいた。

あぁ、いつからこうなってしまったんだろう。

なんて、考えるだけ無駄か。

自分でもそう思えてしまう程に、人形の様な笑みを浮かべる私が映っていた。

彼等が居なくなって、壊れかけの転移魔法陣を使ったと知って、そして連絡が途絶えて。

あの日から、私はずっと体を動かし続けた。

「ハハッ……酷い顔」

その方が〝楽〟だったのだ。

仕事をしている間はそっちに集中すれば良い、帰ってからはアナベルと一緒にお酒でも飲めば
……色々と忘れられる。

そんな生活を続けて、もう随分と時間が過ぎた。

それでも、〝コレ〟なのだ。

ウォーカーには珍しくないと言える、仲間を失う出来事。

誰だって長くウォーカーを続けていれば、何度も経験する事だろう。

ソレが嫌だから、私は逃げた。

ずっと前にウォーカーを引退したのだ。

でも〝彼等〟なら、こんな常識外れの連中なら。

そう思って、復帰した。

だというのに、またこれだ。

彼等が死んだと思っている訳じゃない、生きていると信じている心を失った訳じゃない。

でも……〝生死不明〟、そして〝行方不明〟。

これが、一番辛いのだ。

待てば良いのか、諦めれば良いのか、それすらも分からない。

残された人間は、その想いを抱えながら毎日を生きなければいけない。

もう嫌だ、こんな日常は。

帰って来てよ、前みたいに皆で笑ってご飯食べようよ。

バカ騒ぎして、いっぱい食べて。

今度は何が喰いたい？　って、そう聞いてよ。

今では、あの光景を思い出す度に〝苦しい〟のだ。

あんなにも楽しかった、輝いていた記憶だというのに。

その分悲しくて、痛いのだ。

だから、仮面を被った。

この顔に〝笑顔〟を張り付けた。

「大丈夫だよ、私は〝まだ〟。まだ、大丈夫」

「大丈夫な訳ないでしょ⁉　アイリ本当に一回支部長に相談して――」

「失礼いたしますわ！」

会話の途中で、扉が勢いよく開かれた。

その先から現れたのは……随分と多くの人々。

先頭には、何処かで見た金髪ツインテールがズンズンと進んでくる。

「いらっしゃいませ、ようこそウォーカーギルドへ。ご依頼ですか？」

「その笑顔、気に入りませんわね」

それだけ言って先頭のお嬢さんは私の胸倉を掴み、そのまま立ち上がらせてきた。

「いつまでもシケた顔を晒してるんじゃありませんわよ！　あの方々が今の貴女を見たら何て言うと思いますの⁉　私のお尻を蹴っ飛ばした生意気な受付嬢は何処へ行きましたの⁉」

「……申し訳ありません。こちらはクエストの受注、または申請のカウンターとなりますので。それ以外のご用件でしたら――」

「フンッ、話になりませんわね。それでも〝悪食〟の一員ですか？　貴女は彼等が生きて帰って来ると信じる事さえ出来ないのですか？　全くもって情けない、だから女王を守る騎士には我々〝戦姫〟が選ばれたんですわね。こんな情けない受付嬢には任せられませんもの」

「……は？」

ギリッと、握りしめた拳が鳴った。

「だってそうでしょう？　彼等の事を信じていないからこそ、今こうして腑抜けた面を晒している。違いますか？」

「アンタに……何が分かるのよ……」

「もっと大きな声でハキハキと喋りなさいな！　彼等はそんなにボソボソと情けなく喋っていませんでしたわよ！」

「うるっさい！」

思わず、カウンター越しにぶん殴った。

手加減無しの一発。

魔法までは使わなかったが、相手は吹っ飛んでゴロゴロと転がっていく。

だというのに、感情が収まらなかった。

「アンタに何が分かるっていうの⁉　信じてるわよ！　信じてるからこそ、何にも連絡が無いのが辛いのよ！　帰って来てくれないのが苦しいのよ！　あの人達だったら絶対生きてる、急にフラッと現れる。そんな事ばかり考えながら、夜遅くまで帰りを待っている気持ちが分かるの⁉　それで、今日も帰って来てくれなかったって思いながらどうにか眠ろうとする気持ちが、アンタに分かるっていうの⁉　自信過剰で、人を道具の様に使っていたアンタに！」

私はそのままカウンターを乗り越え、戦姫のリーダーに食って掛かった。

本来ギルド職員であれば絶対あってはいけない事態。

だとしても、だ。

〝彼等〟の事を知った様に言葉にする彼女が、許せなかった。

私達の気持ちの、その一欠片さえ理解出来ると思えない〝お嬢様〟が知った顔で罵って来た事が頭に来た。

「少しは、良い顔になったじゃありませんか。来なさい、〝悪食〟のアイリさん。お人形の様な顔の貴女には、このまま話を聞いて欲しくありませんから」

「いったい何を言っているのか知りませんが、喧嘩を売って来たのはそっちですからね」

「上等ですわ。以前とは違うという事、お見せします。まぁ、今の腑抜けた貴女程度では本気を出すまでもないかもしれませんが」

「言わせておけば！」

ガッ！　と音が鳴る程の勢いで踏み込めば、その時点で拳の軌道を読んだらしいお嬢様が身を逸らす。

しかし、避けるのが早過ぎる。

この距離なら、余裕で軌道修正が――

「え？」

「ホラ、やっぱり」

トンッと足を掛けられ、盛大にスッ転んだ。

〝いつも〟ならこんな事無いのに。

あんな目に見えた動き、むしろ足を踏んづけてから殴り飛ばしてやった所なのに。

「コレが現実ですわ」

床に伏せた私に、偉そうなお嬢様が上から声を掛けてくる。

悔しい、〝いつもなら〟こんな事絶対無かったのに。

これじゃ私達が〝竜〟と戦ったと言っても、誰も信じないだろう。

それくらいに、今の私は無様だった。

なんで、なんでだ。

いつもみたいに、体が思い通りに動かないのだ。

「情けない……貴女はいったい彼等から何を学んだのですか？」

「煩い……私は、私は！」

叫ぼうとした瞬間、再び胸倉を掴まれた。

そして彼女は今まで以上に激高した様子で叫び声を上げるのであった。

「レベル云々ではなく、既に気持ちで負けているんですよ！　なんですかそのガリガリの体は！〝食べる事〟、彼等はそれを第一に教え込んでいたのではないのですか⁉　どうせ悲劇のヒロインぶって、泣きながらお酒ばかり飲んでいたのでしょう⁉　とてもじゃありませんが〝竜〟と戦った英雄の一人とは思えませんわよ！」

そんな事を、言われてしまった。

は……はは、全くその通りだ。

ココの所、まともな食事をした覚えが無い。

適当な物を口に詰めて、お酒で流しこんで。

同じ様な事ばかりを、同じ毎日を繰り返していた気がする。

情けない……とんでもなく情けない。

私は、今の私は……とてもじゃないが〝彼等〟の隣に立てる姿では無い。

そう思うと、ジワリと涙が浮かんできた。

「エレオノーラ、もう良いでしょう？　そろそろ希望を差し上げても」

「……はっ！　些か不満はありますが、これくらいでよろしいかと」

私を放したお嬢様が膝を折って頭を垂れれば、その向こうにはえらく綺麗な女の子が立っていた。

　確かこの国の女王様、新しいこの国のトップ。

　盛大にお祭りだとか、演説だとかやっていた様だが生憎と参加していないので顔を見るのは初めてだったが。

「初めまして、アイリ様。私は――」

「国のトップが、何の御用ですか……」

　彼女の言葉を遮るなんて、普通だったらありえない事だろう。

　でも、今は聞きたくなかった。

　というか、この情けない私の姿を一刻も早く隠したかった。

　皆の目から、彼女達の視線から。

〝こんな私〟が、悪食だと思われたくなくて。

　だというのに。

「辛かったですね、苦しかったですね。でも、それも今日で終わるかもしれません」

「は？　え？」

　彼女はその場で膝を突き、あろう事か私を抱きしめて来た。

「伝えるのが遅くなってしまって申し訳ありませんでした。私は、貴女方悪食に心から感謝しております。〝無名の英雄〟、その一人である貴女にも。そして今日は、こんな物をお持ち致しました。どうか、一緒に読ませて頂けませんか？」

　そう言って差し出された手紙を見た瞬間、ビクリと体が震えた気がした。

そして、胸の奥からジワリと熱が発せられた気がする。

ジワリジワリと、心臓から指先に向かってその熱が広がっていく。

まるで、生き返ったみたいに。

「すぐに、支部長の下へご案内いたします」

「えぇ、お願い致しますわ。アイリ様」

女王様の腕から解放された私は、すぐさま支部長室へと走り出した。

一刻も早く、彼女が差し出した手紙を読む為に。

「支部長！　入ります！」

ドカッと扉を蹴破ってみれば、中からは呆れた視線が返ってくる。

「随分と騒がしかったが……何かあったか？　あとノックは今後〝手で〟、更に〝軽く〟叩く様に頼む」

「それどころじゃないんですってば！」

そんな訳で、今日のウォーカーギルドは普段よりずっと賑やかな状況になってしまった。

# 【第十一章】★〝悪食〟報告書

数多くの人々が訪れた支部長室。

もはや室内には収まらずに、廊下までその列が延びている程だ。

そして、その先頭に居るのが。

「他国からロングバードにて本日届いた手紙です。一応中身を確認させて頂こうかと思いまして、本日はお邪魔した次第です」

「内容なら王宮で確認するのが通例な筈ですが……まぁ、〝コレ〟なら気持ちは分かります。読み上げた方がよろしいんですよね？」

「えぇ、是非」

にっこりと笑う女王様の周りには、彼女を守護する騎士達がズラリ。

その中にはギルやエレオノーラの姿まである。

それどころか悪食メンバーはもちろんの事、話を聞きつけたのか戦風やその他のウォーカーも集まって来て居る始末。

はぁ……とため息を溢してから、改めて手紙に視線を向ける。

〝悪食の報告書〟、確かにそう書かれている。

そして差出人は……随分と遠い国だが、ギルド本部招集の際にやけに私に絡んで来たギルド支部長の名前が。

「ハァ……読みたくない様な、読みたい様な」

「支　部　長！　早く、お願いします」

ゴッゴッとテーブルを拳で叩くアイリに促され、封を開けてみれば。

「……はぁ」

その文字列を見た瞬間、思わず再びため息が零れてしまった。

出来れば、悪食の報告だけにして欲しかった。

※※※

やぁやぁ久しぶりだね。

私の事は覚えているのだろう？　まさか覚えているよね？

ウォーカーギルドの本部に行った時は、熱いアプローチをしたんだから。

そろそろ結婚しないかい？　私達も良い歳だ。

仕事ばかりに追われていても、ろくな人生にならないだろう？

だからこそ、子供の五人や六人でも作って、更にはウォーカーに育ててパーティを組ませようじゃないか。

素敵だと思わないかい？

「支部長、意外とモテるんですね」

「黙れアイリ、続きを読むぞ」

まぁその話はまた今度会った時にでも。

それよりも、だ。

〝アレ〟はなんだい？

まさか君の街では、これくらいのウォーカーが普通だなんて言わないでくれよ？

だとしたら、私のギルドの質がとんでもなく低い事になってしまう。

しかも見た目も行動も、更には活動さえもぶっ飛んでいる。

いつの間にか世界の常識が変わったんじゃないかってくらいに、本当に驚かされたよ。

なんたってウチのギルドに「仕事をくれ」って急に黒い鎧の集団が入って来たんだから。

一応彼等が〝規格外〟という認識は正しい物として、話を続けさせて貰うよ？

もしも彼等がごく普通の一般的なウォーカーだというのなら、すぐさま連絡を寄越してくれ。

今すぐギルド支部長なんて辞めて君の下に嫁ぎに行くから。

という訳で、彼等のステータスを模写して記しておく。

これはちょっと、私としては本気で肝が冷えたんだが……どんな育て方をしたら〝こんな風に〟なるのか、教えて欲しいくらいだよ。

・北山　公太《こうた》
・人族
・レベル82
・称号　デッドライン　竜殺し　［　　］の英雄

・職業 ウォーカー

・西田 純《じゅん》
・人族
・レベル82
・称号 疾風迅雷 竜殺し
・職業 ウォーカー

・東 裕也《ゆうや》
・人族
・レベル82
・称号 楽園の守護者 竜殺し
・職業 ウォーカー

・南
・猫人族
・レベル76
・称号 竜殺し 死が四人を分かつまで
・職業 ウォーカー

・神崎　望
・竜人族
・レベル80
・称号　聖女　竜と共に生きる者
・職業　なし

これだよ。ウチのギルドに訪れた状態で、コレだ。

何だいこの化け物達は？

正直、彼等を鑑定したその場で失禁しそうになった。

「なんでこんなにレベルが……あぁ、竜を倒したから。しかもなんだこのふざけた称号は。ハァ……アイリ、お前も後で鑑定する。いいな？」

「んな事どうでも良いから続きを読みましょう」

「ほんとお前は……」

そんなこんなで、とりあえずお金になりそうな仕事を斡旋《あっせん》したら……どういう事だい？

彼等は獣か？

魔獣だろうと何だろうとバリバリバリムシャムシャ、食べる食べる。

この時点でまた世界の常識が変わったのかと目を疑ったよ。

しかも随分と美味しそうに食べるじゃないか、なんだいこの〝悪食〟ってクランは。

転移で飛ばされたとは言っていたが、殆どお金が無かったからと言って普通ギルドの中庭に泊まる？　しかもバーベキュー始める？　滅茶苦茶良い匂いしてるし。

何人か食べちゃったし、魔獣肉。

ウチのウォーカーが魔人になったらどうしてくれるの？

「食ったのか……公式の発表がある前に。まだウチの国内くらいだろう、魔獣肉の事が公表されたのは……」

「仕方ありませんね、アレは食べます」

「アイリ……」

という事もありつつ、彼等はしばらくウチの管轄で仕事をこなす事を選んだみたいだけど……少し稼いだら出ていくと言われたわ。

ホームが有るから、帰らなきゃいけないって。

ウチにくれない？　向こうの倍報酬を出すからって言っても、全然首を縦に振ってくれないんだけど。

貴方いったい何をして彼等を取り込んだの？

目を見張る程ヤバイステータスしている上に、戦果も凄ければ依頼達成率は言うまでも無い。

なにこれ、何このパーティ。

ヤバ過ぎるんだけど、本気でウチにくれない？

最近じゃ漁師の船に乗って、周囲の魔獣を駆逐する作業をこなしているらしく、街の住民にも普通に受け入れられているんですけど。

というか住人からの信頼が厚いんですけど、頂戴？

「やらん」

その後は順調にお金が稼げたのか、彼等はソッチに向かって出発するそうよ。

山の中でも何でも関係無しに突っ切るらしいから、随分と早く到着しそうな勢いだったわ。

でも、海を渡る際には通常の時間が掛かるでしょうね。

彼等が泳ぐ訳でもなく、船を使う訳だから。

もう彼等だったら泳いだ方が早いんじゃない？　なんて思ってしまうのは病気かしら？

こういうウォーカーがソッチにはウジャウジャ居ると考えると……ちょっと頭が痛くなるわ。

「居る訳無いだろう、そんな意味分からんのがウジャウジャと」

「支部長、ツッコミは程々に」

「すみません姫様……つい」

私からの報告としては以上。

多分その内ソッチに悪食は帰ってくると思うわよ？

その報告と、あと彼等から預かった手紙も同封するわ。

ロングバードの話をしたら、是非とも一緒にって言って来たから。

それじゃ、また何処かで会いましょう。

貴方に、海を越える程の愛を込めて。

「鬱陶しい手紙はコレで終わりだ、後は……」

封筒の中からもう一つの手紙を取り出し、開く。

そこには、汚い文字で文章が綴られていた。

あぁ、そういえば。

お前達は、字を書くのが随分と下手くそだったな。

なんて事を思い出しフッと口元に笑みを溢しながら、次の手紙を朗読し始めるのであった。

※※※

よう支部長、元気でやってるか？

手紙を書くなんて殆どしねぇから、適当な文章にはなっちまうがソコは勘弁してくれ。

まず……スマン、最初に謝っておく。

俺達が食った魔獣をリストアップしろって話だったが、こっちの魔獣の名前が分からん。

いちいち聞いて回るのも面倒なので、とりあえず特徴だけを書いておく事にする。

そんな訳で、アイリが居ないから俺が報告をする訳だが、その前に。

一応生きてんぞ、死んでねぇ。

全員無事だ、何か気付いたら海が近い森の中に飛ばされてたわ。

悪食メンバーにもそう伝えておいてくれ、その内帰るからよ。

こっちの旨いモンを土産にするから待ってろって言えば、なんとかなるだろ。

んで、だ。

報告を始めよう。キリッ！

とか言えれば良かったが、よく分らんからざっくり書くぞ。

虎……は、いいか。

そっちでも探せば居そうだ。

陸の獲物は飛ばして、まず飛び魚っぽい魔獣だ。

見た目は飛び魚、でも鼻先に棘が付いててブッ刺して来る。

漁師にとってはコイツが、身近で一番被害者の出る魔獣だって言ってた。

でもよぉ……旨いんだコイツが。

焼けばホクホク白身に、噛めば噛む程ジュワァって感じに旨味が広がる。

しかも今年は結構大物が多いらしく、肉厚な奴が多かった印象が強かったな。

醤油を一滴たらすだけでも味が化けるし、汁物でも旨い。

つみれ汁、揚げ、焼き魚、なんでも来いだ。

マジで旨いんだぞ？　天ぷらとかにすると、超綺麗に羽広がんの。

大根おろしと一緒に食うとこう、ぶわぁって涎《よだれ》が出る感じ？　もうよ、そんなのが大漁だよ。

船に乗って、甲板に立って居ればそこら中から飛んでくんの。

無料の食い放題だよ、海最高かよ。

「……え～と、だな」

「……続き、読みましょうか」

後はビックリしたのが鮫だな鮫。

デッカイ鮫が急に襲い掛かって来たんだが、アイツ等って飛び魚みたいに飛んでくるのな。

すげぇビックリしたけど、超旨かった。

フカヒレが高級食材な理由が分かったぜ、しかも身だって十二分に食える味だったし。

鮫肉って実は滅茶苦茶柔らかい上に、全然臭くない。

焼いても旨いし、醤油なんかで下味を付けても良く染みる。

あとは試しにグラタンにしてみたんだが、ヤバイ。

それこそタラの代わりじゃないが、似た様な感じで作ってみたんだが……鮫って結構汎用性あるのな、驚いたわ。

ホクホクだし、味はしっかりと染みるし、クセも少ない。

結構どんな料理にも合うんじゃないかってくらいに、旨い。

正直飽きるくらいに食いまくった、量もあったし。

なんかそこらの船よりデカい奴も居たが……あんまりデカ過ぎるのも考え物だな。

大味になっちまって、そっちはあんまり旨くなかった。

臭かったし、肉は硬い。

そこら中に傷があったから、海の中に旨味を逃がしちまったのかな？

良く分からんが、それなりに小さくてギュッと味の詰まった奴の方が旨かったのは確かだ。

「なぁ、そろそろ突っ込んでも良いか？」

「ダメです、続きを読みましょう。たとえ相手が〝海の死神〟だったとしても、あの人達なら食べます。いつもの事です」

あとはアレだ、鯨。

鯨の刺身とかは聞いた事があったが、実際に食った事は無かった。

でもよ、すげぇぜマジで。

プリップリッ！　なんだよ。

刺身も普通に食う街だったから、そのまま頂いた訳なんだが……マジで新触感。

コレが鯨かぁ……って思える程味わいが違う。

醤油良し、ワサビ良し、その他調味料と合わせれば瞬時に味が化ける。

しかも身がデカいからな、色々と他の料理も試せそうで良いわコイツ。

マジで酒が欲しくなる味だからな？　お土産にも持って帰るつもりだから、旨い酒でも用意しておいてくれ。

そしたら支部長にもご馳走してやるから。

あ、それから立派な角が生えてたからコレもお土産にします。

一緒に狩りをした船乗り達からも、お前等にやるって言われたんで貰ったんだけど……何かに使えんのかな、コレ。

変な霧は出すし、〝幻鯨〟とか呼ばれているヤバメな鯨だったらしいが。

使えなかったらホームの玄関にでも飾ろうと思う、それ以外使い道無いし。

正直いらん、売れば良い値が付くんかな？

「何を狩ってるんだコイツ等は！」

「竜よりマシです！　竜よりかは！　所詮鯨です！　どうやって狩れば良いのか想像もつきませんけど！」

んで、しばらく仕事して金が貯まったんでそろそろ出発しようと思う。

海以外は一直線にソッチに向かうつもりだから、多分半年やそこらで着くんじゃないかなって。

あ、いや。海も越えるから一年くらいは掛かるのか？

デカイ地図だと距離がよく分からん。

また山の中やら海やらで珍しいヤツを見つけたらお土産にするから、期待しておけってホームの奴等には伝えておいて貰うと助かる。

蛇って、実は旨いんだぜ？　前食った奴が外れだっただけで、マジで鰻みたいに喰える。

でも食った感じは鶏肉に近いのか？　普通にうめぇ。

だが〝王蛇〟、てめぇは駄目だ。

そういう新発見も持ち帰るので、是非とも首を長くしながら待っていてくれ。

コッチの旨いモン、色々持ち帰ってやるからよ。

あ、そうそう。ラーメンって言って伝わるか？

コッチにはラーメンがあってだな、そりゃもう食いまくったさ。

パスタとはまた違うスープに入った中華麺になる訳だが……まぁ良い、どうせ俺には上手く説明出来ん。

その麺を買い込んだから、今度食わせてやる。

覚悟しておけよ？　マジでハマるからな？

あと、それと……だな。

ドラゴン、〝美味しかった〟です。

色々と察してくれ、スマン。

アイツデカ過ぎて、マジックバッグを圧迫してたから……その、なんだ。

ちょっと小さくしたと言うか……完食した訳じゃねぇが、旨かったです。

そんじゃまぁ、もうちっと掛かるがまた会おうぜ。

追記、勇者の坊主に伝えておいてくれ。

遅くなったが、〝約束は守る〟。

安心して待っとけってな。

※※※

その言葉を最後に、手紙は終わっていた。

非常に緊張感も何もない文章、本当に近状報告と食レポ。

そんなモノだけが、この手紙には詰まっていた。

ソレら全てを感情のままに、思いっ切り壁に向かって〝ぶん投げた〟。

「フハハハ！　あの馬鹿共！　生きている、生きているぞ！　しかも……畜生！　こんな報告書寄越しやがって！」

「ラーメン……鯨、海鮮……皆だけズルい」

「随分と贅沢しているみたいですねぇ、北山さん達は」

「よく分かんないけど、美味しい物食べてる事だけは分かったわ……」

各々声を上げる中、放り投げた報告書を睨んだ。

読み切ってはいるが、あえて言わせて頂こう。

もうこれ以上読んでいられるか、と。

懐かしい、この感覚。

そこに何処か喜びを感じながら、憂さ晴らしにもう一度報告書を拾って壁に叩きつけた。

「アイツ等は帰ってくる！　分かったな⁉　アイツ等は、〝無事に〟帰ってくるんだ！　各々恥ずかしくない見た目を取り戻しておけ！　彼等が帰って来て、今の様な不細工な面の我々を見たら何を言われるか分かったモノではないぞ！」

「「了解！」」

それは、私も含めて。

今の様に疲れ切った顔と体では、彼等が帰って来た際に笑われてしまうだろう。

だからこそ、〝食べなければ〟。

体の資本、彼等が最も重要視していた事柄。

それは、〝食べる〟事だ。

忙しさにかまけて、ソイツをサボればすぐさま体は衰える。

私でさえ、ダイエットなどしていないのに随分と細くなってしまった程。

「厨房に緊急連絡！　食うぞ！　ひたすらに食うぞ！　太ったなんだと言う奴は動いて筋肉にすれば良い！　体重の調整なんぞ、そこからの話だ！　まずは、〝生きる為に食うぞ〟！」

その命令は、ギルドの厨房をかなりの戦場に変えてしまったらしい。

だがしかし私は生きているのだ、そして周りの皆も。

だからこそ〝食べる〟のだ。

生きて、明日を迎えるために。

健康で、どこまでも〝普通〟に生きる為に。

だからこそ、私達は。

今日も〝いただきます〟と感謝の気持ちを言葉にして、旨い飯を胃袋に収めるのであった。

## 【閑話】★『待ち人達』

「「「ありがとうございましたぁ！」」」

「はい、こちらこそ。それでは皆さん、午後も頑張って下さいね？」

授業を終え、教科書を脇に抱えた瞬間。

「ナカジマ先生ぇ！　今日はご飯何にするのー!?」

「午後の訓練にナカジマ先生は参加する!?」

周りに子供達が集まって来てしまった。

わちゃわちゃと騒ぎだす子供に、ヤレヤレと思いながらも口元は緩む。

しかし困った、コレでは院長室に戻る事が出来ない。

なんて事を考え始めた時。

「ホラ皆、ナカジマ様が困っているでしょう？　それに、お昼当番の子も居た筈ですよね。皆を待たせるつもりですか？　時間は有限です、勿体ないですよ？」

「「はぁーい！」」

通りかかったシスター、クーアさんが教室に顔を出した。

パンパンと軽く手を打ち鳴らしたかと思えば、子供達は素直に従って各々動き始める。

いやはや流石だ。

優しい顔を浮かべながらも、彼女が一声上げれば皆素直に動いてくれる。

それだけ、厳しくも慕われているという事なのだろう。

「ありがとうございます、シスター」

「いえいえこれくらい。でも、ナカジマ様は本当に子供達に慕われていますね。先生の中で一番という程、子供達が一緒に過ごしたがります」

ニコニコと笑う彼女の言葉に、はてと首を傾げてしまう。

果たしてそうなのだろうか？　クーアさんはもちろん、アナベルさんや初美さん。

ドワーフの方々とも皆親しく過ごしている気がするのだが。

「あ、もしかして気付いていませんでした？　確かに悪食メンバーの皆様全員と仲良しではありますが、子供達が当番やお仕事さえも忘れて時間を共にしようとするのは、おそらくナカジマ様だけです」

「それは何というか……申し訳ありません」

「いえいえ、それだけ慕われている証拠だという話ですよ。それに何と言いますか、ナカジマ様は叱る……というより、否定的な言葉をあまり子供達に使いませんよね？　拘りがあるのですか？」

「あぁ～確かに叱りつけるというのは、あまり得意ではないかもしれませんね。拘りという程ではありませんが、私の憧れた教師がそういう人でしたので」

などと言葉を洩らした瞬間、何やら目を輝かせたシスターが急接近してきた。

「あらあらあら、なんだか面白そうなお話の予感……今夜のお酒の席で、是非お聞かせ願いたいですね」

「う～む……あまり面白い話ではないですよ？」

〝向こう側〟の話となると、何故か現地の方々は妙に興味を持つのはいつもの事だが……普段はリーダー達が面白おかしく語って聞かせていたのだ。

私に上手く話せるだろうか？　なんて少しだけ不安になりながらも、今夜は酒の席で肴になる覚悟を決めるのであった。

※※※

教師に憧れたのは、高校の頃だった。

当時それなりの進学校に通っていた訳だが、やはりイジメやら何やらは何処にでもあるもので。

現代の様に陰湿なやり方や、心を追い込む程の嫌がらせ。

そう言ったネチネチした手口よりも、私の時代は暴力の様な直接的行為が多かった印象がある。

だからこそ、これも〝当たり前〟として受け流していた訳なのだが。

「喧嘩かい？　若い子は喧嘩してなんぼだけど、あんまり痛くし過ぎるのは可哀そうじゃないかい？　ホレ、アンタも。殴られた方は当然痛いが、殴った方だって痛いだろうに。拳から血が出てるじゃないか。ホラ、さっさと保健室行っておいで。ちゃんと消毒するんだよ」

絵に描いた様なヤンキーに対して、彼女はシッシッとばかりに簡単に追っ払ってしまった。

私としては彼等に対し、そんなナリで進学校なんか通うな！　と愚痴っていた記憶がある。

そして。

「あらら、随分と派手にやられちゃって。大丈夫かい？　中島君」

「……はい」

差し出された手を掴めば、グッと力強く引き起こされた。

詰まる話、イジメられていたのが私という訳だ。

毎日毎日因縁を付けられ、殴られ蹴られ、こうしてこの先生に助けられていた。

結構な年齢だろうに、彼女はいつも笑いながら高校生男子の拳を片手で受け止める。

しかも、この人が怒った所を見た事が無い。

ある意味で、怖い人だったのだ。

「あの、先生」

「なんだい？」

いつもの様に職員室に連れていかれ、怪我の治療を受けている時。

ふと聞いてみたくなった。

「先生は、なんで怒らないんですか？　なんでそんなに強いんですか？　どうしたら……強くなれますか？」

グッと拳を握りしめながら、その言葉を紡いだ。

しかし彼女は、ヘラヘラと笑いながら私の問いに答えるのであった。

「そうさねぇ、その答えは全部一つに繋がるかもしれないねぇ。あぁでも、こいつは私の答えだから、中島君の〝答え〟にしちゃいけないよ？　そりゃズルってもんだ」

「ズル、ですか？」

「そうそう。そういうのはじっくり考えて、長い事生きて、やっと見つけるもんだからねぇ」

なんて事を言いながら私の膝に絆創膏を張った彼女は、傷口をペシッと軽く叩いた。

「怒らないのは、疲れるから。怒ったって何にも変わりゃしないよ、その場は良くても後に続かない。だったら何が悪かったのか、どうしたら良いのか考えさせる方がずっと良い。だから話をするんだよ、せっかく私達には言葉があるんだから、使わなきゃ損だろう？」

「はぁ……でも言葉が通じないさっきみたいな奴は……」

「ありゃ、通じなかったのかい？　じゃあ次の授業は日本語の勉強からだね」

「い、いいえ。そうではなく」

慌てて否定しようとした私を見て、彼女はカッカッカと豪快に笑い始めた。

この人はいつも見ていて気持ち良くなるくらい、楽しそうに笑う。

まるで普通の人間が抱える悩みなど些細な事だと言わんばかりに。

「中島君は真面目だからねぇ、色々考えるんだろうけど。たまには馬鹿になる事も必要だよ？」

「馬鹿に、ですか？」

「そうそう、例えばさっきの連中に喧嘩で勝つにはどうすれば良いと思う？」

「体を鍛える……とかですかね？」

「あぁ、なるほど。いいね、今日からやってみな？」

「えっと？」

あまりにも飄々《ひょうひょう》とした態度で、しかもスラスラと言葉が返って来る。

その為答えらしい答えが見つからず、思わず首を傾げてみれば。

「思い付いたらやってみる、よく分かんないけどやってみる。答えを欲しがる中島君からすれば、もしかしたら馬鹿みたいに見えるかもしれないね。でも、意外とやってみると面白いもんだよ？そういうのも」

「面白い、ですか？」

「そう、面白い。次は勝ってやるって体を鍛えるのも良し、それこそ格闘技か何かを習っても良し。逆に勝つんじゃなくて、逃げるのだって正解かもしれないよ？　だったら足が速くないとね。ランニングとかしてみたらどうだい？」

「先生、適当に答えてません？」

なんだか話があっちこっちに行き始めて、思わずジトッとした眼差しを向けてみれば。

彼女は再び、豪快にニカッと笑って見せた。

「なんて事は無い、中島君の答えはまだ決まっちゃいないのさ。私の出した答えは圧倒的なパワーで制圧して、相手に〝勝てない〟と思わせる事。そんでもって笑顔で接してやりゃ、意外と大人しくなったりするんだよ。私は教師なんかやっちゃいるが、元々馬鹿でねぇ。もしかしたらって思ったら行動しちまう人間だったんだよ、昔っから。その結果が、コレさね」

そう言って、彼女は両手を広げて見せた。

そこには、どう見ても普通のおばちゃん先生が居た。

常に笑顔で、優しそうで、いつも助けてくれる。

そんな〝普通〟に見える彼女の裏には、並々ならぬ努力があると感じられた。

常に笑っているには、どうしたら良いのか。

誰に対しても優しく接するには、どんな心境で過ごせば良いのか。

そしてどんな相手に対しても平然と前に出て、私の様な弱い人間を助けるにはどれ程の鍛錬を積めば良いのか。

当時の私には想像する事すら出来ない程、何処までもハードルが高いと感じる〝普通〟がそこにはあった。

「俺は……先生みたいになりたいです」

「嬉しい事言ってくれるじゃないか中島君。なら、頑張らないと。君が私より優れている所はすんごいいっぱいあるだろうねぇ、本気でビックリするくらいに。でも劣っている点もほんの少しだけある。だからちょっとばかし気が向いた時に、そっちも伸ばす努力をしてみたら良いかもしれないね？　そうすりゃ、もっと良い男になるだろうさ」

そう言って笑う彼女は、私の頭を乱暴に撫でて来た。

結局明確な答えは貰えなかったが、何となく道は示して貰えた気がする。

「鍛えろって事ですよね？」

「鍛えるのも悪くないね、実に良い。でも私がお勧めするのは、たま〜に馬鹿になる事だ。何にも考えず、欲しいと思った事に熱中してみな。そうすりゃ意外と身体が付いて来るもんさ」

「そっちはちょっと、厳しいかもしれません」

「なはは！　相変わらずお堅いねぇ中島君は！　でも経験ってのは、意外と嘘をつかないものだよ？　やって無駄だったなんて事は、この世界にはそう無いもんさね」

豪快に笑うその女性は数年後、教師を辞める事になったのであった。

※※※

「とはいえ彼女は、退職するその時まで生徒達に囲まれていたという話――」

「ちょ、ちょっとお待ち下さい！　急です、話が急です。何故その方は教師をお辞めになったのですか⁉　何か問題があったりとか、体調を崩されたりとか⁉」

お酒を片手に、クーアさんから思いっきり突っ込みを受けてしまった。

現在は酒の席。

方角メンツ以外の悪食の面々が揃って、お酒を頂いていた。

「いえ、特別〝何か〟があったから、という訳ではないですね。挨拶に行った時も、子供は頭から否定するよりも促してやった方が良い子に育つと教わったので、その教えを引き継いでいるだけです。最後までずっと笑みを浮かべている様な人でしたから」

「え、えぇぇぇ……」

ガクッと項垂れるクーアさんに苦笑いを溢していれば、ガッハッハと笑い始めるドワーフ達。

「ま、悲しい話にならなくて良かったわい！　人の歴史を聞きながら飲む酒も旨いのぉ！」

「多少の肴にでもなったのであれば光栄です」

なんて笑顔で受け答えしていれば、隣から脇を小突かれてしまった。

「嘘、まだ何かあった。ううん、〝何も無かった〟から。何も出来なかったからこそ……諦めた、とか？」

白さんが、小声でそんな事を言って来た。

他の皆には聞こえない様に、本当に小さな声で。

だからこそ。

「人間、生きていれば色々ありますよ。彼女にも、私にも、もちろん白さんにも。何たって〝向こう側〟の社会人でしたから。いえ、学生でも色々あるでしょうね。しかし過去の事です、振り返るなら楽しい記憶の方が良いじゃありませんか」

「……ん、分かった」

それだけ言って、彼女は再び正面を向き直った。

色々と気を遣わせてしまった様だ。

少しだけ申し訳なくなりながらも、私も黙ってグラスを傾ける。

「あ、ですが」

「ん？　なに？」

ふと声を上げてみれば、話の続きかとばかりに皆が皆食いついて来た。

その光景にやれやれと眉を下げながらも、思わず口元が緩んだのが分かった。

「憧れている人、という意味では悪食主メンバーの方々もそうですね。路地裏でチンピラに絡まれている私を助け出してくれた東さんとか、もう救世主の様に見えましたよ。その後ビビりましたけど、あの鎧の見た目で」

「分かる。私の時は北だったけど、普通に怖かった」

白さんと共にそんな話をすれば、周りからはドッと笑いが漏れた。

あぁ、楽しい。

〝こちら側〟に来た時は、自らに何も無くて絶望したというのに、今ではこんなにも幸せに過ごす事が出来ている。

それこそ、〝向こう側〟に居た時よりもずっと。

「よし、リーダー達が帰ってくるまでに一つ目標を立てておきましょう」

「へぇ、どんな？」

アイリさんが少々酔っぱらった様子で、こちらに赤い顔を向けてくる。

この人も彼等からの手紙が届いてから、随分と明るくなった。

まぁ私を含め、他の面々も同じ事が言えるのだろうが。

「西田さんより速く走れる様になります」

「中さん、教えに従って、早速馬鹿になった？」

「いやぁ……今でも十分速いけど、ニシダさん以上となると……ねぇ？」

誰しも渋い顔を浮かべているが、あえて満面の笑みを返してやろうではないか。

何たって、目標なんて高ければ高い程良いのだから。

そこへたどり着くかどうかは、結局自分次第なのだ。

「最初から諦めていたら絶対に叶いませんからね、〝思い付いたらやってみろ〟です。これでも、子供の御手本にならないといけない身の上ですから」

そんな事を言いながら、いつもより豪快にグラスを傾ける。

今が幸せだからと言って、コレがいつまでも続くとは限らない。

だからこそ、強くならなければ。

〝向こう側〟の様な後悔を残さず、〝こちら側〟で子供達を無事に巣立たせる為に。

私がこの世界に呼ばれた理由はソレなのだと、今ではそう思っている。

見ていて下さい、先生。

貴女の様な立派な教師になって見せますから。

ただ……これからは、お墓参りにはちょっと行けそうにありません。

遠くからにはなりますが、貴女の安らかな眠りをお祈りいたします。

※※※

「しろ！　ごはん！」

ベチッと顔面に衝撃を受けた。

まだ眠い目を擦りながら瞼《まぶた》を開けてみれば。

目の前にはお昼寝から目覚めたらしいライズ君が私を覗き込んでいた。

「ん、おはよう」

「おはよー」

孤児院に〝過保護対象〟として預けられているこの子。

まだまだ小さく可愛らしいが、周りの子達を見ている為か元気が有り余って仕方がない御様子。

お昼寝しても三十分程度で目覚めてしまう。

そして、食欲旺盛。

「ごはん！」

もはや口癖の様に、毎日この調子だ。

「お昼は食べた、夕飯にも早い。ふむ、どうしたものか」

「どうしたものかー」

私も上半身を起こして、う〜むと首を傾げてみれば。

チビッ子もまた私の真似をして首を傾げる。

「クーアさん、確か午後は空いてるって言ってたっけ。何かオヤツでも作って貰おうか」

「クッキー！」

「ん、作って貰えると良いね」

なんて会話をしながら未だ眠たい頭をユラユラさせて、私はチビッ子に手を引かれながら歩き始めるのであった。

※※※

「クーアさん、居る？」

コンコンッと院長室の扉をノックすると、中から「はーい」と緩い返事が返って来て扉が開いた。

「あら、シロさんにライズ。どうしました？」

おっとりとした声を上げているモノの、胸元には資料の束を抱えているクーアさん。

ただいま中さんはお出かけ中。

お仕事関係なので、出張と言った方が良いのかもしれないが。

その間休んでいてくれと指示が出ていた筈なのだが、やはり彼女も仕事を進めていた様だ。

「ん、クーアさんを無理矢理休憩させる為に攫いに来た」

「きゅうけー！」

私がそんな事を呟けば、隣に立つライズ君もガオー！　と両腕を振り上げている。

「ふふふ、そうしましょうか。でも、少し片付けをしていただけですよ？」

「書類の片付けは、書類整理というお仕事」

「確かに、それもそうですね。では、皆で休憩しましょうか」

という訳で無事クーアさんを確保した私達は、皆揃ってキッチンへと向かうのであった。

その後、ライズ君と一緒にクーアさんのお手伝い。

悪食の中で一番お菓子作りが上手いのは、間違いなくこの人だろう。

指示に従いながらせっせと働き、後は焼き上がるのを待つだけという所まで来てやっと一息。

徐々に漂って来る甘い匂いを感じながら、紅茶を啜ってゆっくり待つ。

私は、案外この時間が好きだ。

昔はこんなにも色々な物を食べる事は出来なかったし、自分で作るなんて考えもしなかった。

しかもお菓子まで自分で作るとか、前だったら耳を疑った程だろう。

「はい、焼けましたよー」

なんて事を思いながらのんびりしていたら、クーアさんがオーブンの中からクッキーを取り出してくれる。

「ライズ君、まだ熱いから。冷ましてからね」

「キターマ！　アジュマ！　ニィダ！」

焼き上がった様々な形のクッキーに興奮した様子のライズ君は、必死でお菓子を指さしながら叫んでいる。

悪食ドワーフメンツのキッチン担当、タールさんに作って貰ったクッキーの型。

あまりにも子供達がウチの方角メンツの事を心配するモノだから、気が紛れる様にと制作したらしい。

二本の槍が交差した物、大きな二枚の盾の物、そしていくつもの短剣が羽の様に広がっている物。

皆のオヤツの時に出してみれば、子供達にはたちまち人気になった訳だが。

「ライズ君、南は？　コレ」

スッと一枚のクッキーを差し出してみれば。

「ネコー！」

「ですよね」

この〝方角クッキー〟、南だけ猫クッキーになってしまったのだ。

理由としてはクロスボウをクッキーで表現しても分かり辛い。

矢にしようかとも思ったが私と被るとの事。

などなど、そういう理由で南クッキーは猫になった。

人気ではあるものの、ライズ君はこのクッキーを南とは呼んでくれないのだ。

「そういえば、シロさんの昔の話って聞いた事無いですよね。皆様は度々話してくれたり、ナカジマ様もこの前話してくれましたが」

三人でオヤツタイムに入った少し後、クーアさんが思い出したかの様に呟いた。

確かに東西北は向こうの世界にはこんな物があったとか、こういうお話があったんだぞ。などと、面白おかしく子供達によく聞かせていた。

ソレを再現しようとする子供達やドワーフ達を見るに、なかなか良い刺激にはなっているようだが。

しかし、私の場合は。

「皆みたいに、上手く話せない。というか、楽しく話せないから、喋らないだけ」

「……聞いてはいけない内容でしたか？」

「ううん、別に。聞きたいなら話すけど、面白い話じゃない。北にはちょっと話したけど、多分気分が悪くなるだけ」

私にとって〝向こう側〟の世界に、幸せという言葉はあまり無かった。

だからこそ〝こちら側〟に来た当初は期待したのだが……中さんが居なかったらどうなっていた事やら。

そんな事を考えてみれば、どうしたってため息が零れてしまう。

「すみません。皆様楽しそうに話すモノですから、向こうの世界は幸せな世界だったのかと……」

「皆は、幸せな部分だけ切り取って話すのが上手いから。辛い事は、大体話してないと思う。私にとって、向こう側は凄く生き辛く感じられたし」

クーアさんの淹れてくれた紅茶に映る自身の姿を眺めながら、ふぅ……と小さく息を吐いた。

この真っ白い姿に生まれなければ、もう少しまともな人生が送れたのだろうか？

一度死んでしまえば、生まれ変わったり別の世界へ行けたりするものなのだろうか？

なんて馬鹿な事を何度も考えるくらいには、酷い人生だったと思う。

だからこそ、語るべきではない。

「しろ、あげる」

そう言って、クッキーを差し出して来るライズ君。

普段ならもっともっとと欲しがる程好きなオヤツだというのに、その一つを私に向かって差し出して来た。

「ん、いいの？」

「へーき」

ニカッと笑いながら自分の好物を差し出してくるこの子は、今何を思っているのだろう。

あ〜んと口を開ければ、ポイッと口の中に放り込まれるクッキー。

うん、美味しい。

多分、私は悪食の中で一番子供舌だ。

柔らかい卵料理が好き、甘いものが好き。

しょっぱい物も美味しいけど、ソレばかりだと塩辛いと感じてしまう。

そういう時は大体、あの三馬鹿メンツがスープや飲み物を用意してくれたんだ。

「もう、いたくない？」

「え？」

「いたそうな顔してた」

微笑みながらも何処か心配そうな雰囲気で、ライズ君は私の事を見上げていた。

あぁ、凄いな。

ココに居る人達は、皆ちゃんと〝家族〟なんだ。

こんな幼い子供でさえ、私の感情に気付いてくれる。

悪食メンバーが連れて来る人は、皆彼等の影響を受ける。

それは、多分私も含めて。

「ん、平気。ありがと、ライズ君」

「ん！」

笑みを向けて頭を撫でまわしてみれば、彼は満足した様子で再びお菓子を食べ始めた。

〝こちら側〟に来てから、幸せを感じる事が出来た。

私を見てくれる、必要としてくれる。

そして、受け入れてくれる環境。

それが、この上なく居心地が良いと感じているのだ。

「あ、でも。少しくらいならあるかも、楽しかった話」

ふと懐かしい記憶を思い出し、何となく昔の事を語ってみる事にした。

※※※

「お婆ちゃん、コレ」

「ん、食べな」

実家に居場所が無かった私の避難場所、お婆ちゃんの家。

ぶっきらぼうだし、あんまり喋ってくれないけど。

それでもご飯をくれたり、私が遊べそうな物をいつの間にか買って来てくれたりする人だった。

その日学校から帰って来た私を待っていたのは、某ハンバーガーショップの紙袋。

「いいの？」

いつもはお婆ちゃんが作ってくれる煮物とかがメインで、世間一般で言う所の〝田舎料理〟って物が多かったのだが。

「若いのは、そういうのが好きだって聞いてね」

「食べた事無い」

「なら、食べてみな」

新聞に視線を落としたまま、静かに言葉を紡いでくるお婆ちゃん。

何と言葉を返せば良いのか。

今は新聞を読んでいるから、あまり喋り掛けない方が良いのかも分からず。

とりあえずテーブルに着いて、手を合わせた。

「いただきます」

「ん」

確かこの時は高校一年。

学校の皆は年頃というか、色付き始める時期と言って良いだろう。

友達同士で買い物に行ったり、お店でご飯を食べたりする年齢。

だというのに、私はファーストフードというモノをこの時初めて口にしたのだ。

「美味しい」

「そうかい」

そんな短い会話しか無かったが、お婆ちゃんは新聞を畳み静かに此方を見つめていた。

「お婆ちゃんも、食べる？」

「いいや、お前に買って来たんだ。お食べ」

「ん、ありがと」

その後はもう夢中になって食べ物を口に押し込んだ。

初めて食べたハンバーガー。

いつも食べているものよりずっと分かりやすいというか、単調な味が組み合わさった感じ。

でも、美味しかった。

何より、皆が普通に食べている物をやっと食べる事が出来たという事実が嬉しかった。

ポテトを食べて、ジュースを啜って。

全ての物を平らげてから、ふぅと一息ついてみれば。

「まだ、何かあった」

「何だいそりゃ？」

袋の中には、何やらビニールに包まれた硬い物が。

食べ物……では無さそうだが。

なんだろう？　お婆ちゃんも知らないみたいだし、セットの内容に含まれていた物の様だが。

不思議に思いながらも、袋を開けてみれば。

「弓の、玩具？」

「あぁ……孫にやるって伝えたから、本当に小さい子用の物を勧められちまったか」

少しだけ気まずそうに視線を逸らすお婆ちゃんだったが、私としては嬉しかった。

基本的にゲームや小説、漫画の類は買って来てくれるが、こういう〝まさに玩具〟という物は買って貰った事が無かったのだ。

という事で袋に入っていた弓に矢を番《つが》えて、ちょいっと指先で引いてみる。

オマケの玩具なので、小さいしろくに飛ばないだろうと予想していたのだが。

お婆ちゃんが、机の端にミカンを設置し始めたではないか。

当ててみろ、という事なのだろう。

そちらに向けて、矢を放ってみれば。

「意外と飛ぶもんだね」

「でも、当たらなかった」

矢は机の向こう側まで飛んで行ったが、的になっていたミカンには掠りもしなかった。

「最初なんてそんなもんだ、本物だって得物が変われば当たりゃしないよ」

「使った事、あるの？」

「まぁね」

ぶっきらぼうに答えながら、私が放った矢を回収して戻って来たお婆ちゃん。

そして。

「もう一回やってみな」

「ん」

初めてだったかもしれない、こうしてお婆ちゃんと一緒に遊んだのは。

声を掛ければ答えてくれるし、色々と買い与えてくれる人ではあったが。

でも、一つの事を一緒にやったという記憶は今までに無かった気がする。

「本物の弓、使ってみたい」

「袴ならあるけどね、生憎と弓はもう無いよ」

昔お婆ちゃんが使っていたモノ、という事なのだろうか？

だとしたら、袴さえサイズが合うのか分からないが。

なんたって、私は全体的に小さいのだから。

「部活」

「うん？」

「お金掛かるから、部活入ってなかったけど。弓道部、入れば……弓も貸してくれるかな」

「かもしれないね。袴、着てみるかい？」

「ん、着る」

そんな事があった翌日、私は弓道部に入部希望届けを提出した。

服はお婆ちゃんから借りた物を使い、弓は部の備品を借りる形だったが。

それでも、その日から私に〝趣味〟が出来たのは確かだった。

何より、部活の事を話すといつもよりお婆ちゃんが話してくれるのだ。

こうした方が良い、構え方はこうだとか。

色々と教えてくれて、借り物の弓だというのに私の実績は確かに伸びていった。

その結果、短い期間ながらも人一倍弓を引いた私は、小さな大会で部の代表メンバーに選ばれた程。

一年生で代表に選ばれた事に嫉妬を買ったり、部の中でも友人の一人も出来なかったのは色々とアレだが。

しかし。

「才能があるよ、間違いなく。そうだ、今度の大会で良い結果を残せたら……アンタに弓を買ってやる。これからは誰かの弓じゃなくて、自分の弓を使いな」

お婆ちゃんだけは、私の残した結果を喜んでくれた。

大袈裟に褒めたり、満面の笑みを浮かべてくれる訳ではないが。

でも喜んでくれている事だけは分かる。

だからこそ、もっと喜ばせたいと思ったのだ。

誰よりも練習して、どんな状況でも、どんな弓でも的を射られる様に必死に練習を繰り返した。

その後本番を迎え、普段以上に弦を引いたその結果は。

自分でも驚く程あっさりと一番になってしまった。

夢じゃないかと、本当に現実なのかと表彰されても疑った程。

お婆ちゃんだけじゃなくて、会場に居た人皆に認めて貰えた。

その事実が、私にとって〝向こう側〟で唯一残せた存在の証明だったのかもしれない。

※※※

「シロさんが最初から弓で戦えた理由は、そういう事だったんですね」

「ん。いろんな弓を使って、毎日馬鹿みたいに矢を放ってた。だから何本か射れば、弓のクセも分かる」

「純粋に凄いというか、本当に天才肌ですね……私にはとても真似出来ませんよ」

緩い笑みを溢すクーアさんが、そんな事を言いながらお茶のおかわりを注いでくれる。

紅茶の香りに、ふぅと安堵の息を溢していれば。

「それで、その後は？」

「ん？」

「いえ、ですから。競技の大会で頂点を収めて……その後は？　やはり他の大会でも勝ち進んだとかの武勇伝が？」

やけにワクワクした様子で、身を乗り出して来るクーアさん。

この人は本当に仲間の武勇伝というか、活躍した話を聞くのが好きだな。

シスターをやっていると娯楽が少ないというか、この手の話から遠のいてしまうからというのもあるかもしれないが。

「辞めた」

「はい？」

「だから、その大会を境に、〝向こう側〟で大会に出るの止めた」

「ナカジマ様の時もそうでしたけど……なんでそう急に話がぶつ切りになるんですか⁉　何で弓兵辞めちゃったんですか⁉」

「弓兵って、部活ね。まぁ、色々？　飽きたとか」

「気分屋が過ぎるんですよぉ……」

クーアさんから大きなため息を貰ってしまったが、多分中さんが言っていたのはこういう事なのだろう。

過去を語って聞かせるなら、楽しかった所だけ。

人間なんて生きていれば色々ある。

嬉しかったのに、急にどん底に落とされたりとか。

昨日まで元気だった筈の人が、急に居なくなってしまったり。

そういう内容までは、語る必要など無いのだろう。

『迎えに来た。腹減ってないか？』

真っ黒い鎧に身を包んで、そう言いながら手を差し伸べてくれた彼も、多分こうやって幸せな部分だけを子供達に語って聞かせていたのだろう。

その手を取った私は、〝悪食〟の一員となって今に至る。

面白いゲームがあったとか、楽しい小説があったとか。

そういう事なら語れるかもしれないが、あの三馬鹿みたいに身振り手振りまで入れて子供達を楽しませる様な特技は持っていない。

だからこそ、私の話なんてぶつ切りくらいで丁度良いんだ。

だってその大会が終わった後、お婆ちゃんの家に帰っても「おかえり」を言ってくれる人が居なかったのだから。

本当に……急に居なくなってしまった。

だと言うのに、お婆ちゃんの部屋には私の弓が準備されていたのだ。

凄く立派な弓が、まだ結果も伝えていないのに用意されていたのだ。

その日だけはお婆ちゃんがくれた弓を抱いて、わんわん泣いた記憶がある。

本当に涙が涸れてしまうんじゃないかって程に、体中の水分を出し切る勢いで。

後に続くのは、語りたくもない実家暮らし。

なら、そこから先は胸に秘めておけば良い。

いつか語る時が来たとしても、今この場で語るべき内容ではない筈だから。

居場所があって、ご飯があって、皆笑っている。

そんな〝こちら側〟の悪食という家族が好きだから。

今となっては昔の事はどうでも良いし、残してきた家族とか友達とか、そういう後ろ髪引かれるような環境でもなかった。

だから多分私は、異世界メンバーの中で一番〝こちら側〟を楽しんでいる。

でもやっぱり、だからこそ思ってしまうのだ。

「早く帰って来ないかなぁ、方角メンツ」

「ですね、待ちくたびれてしまいます」

そんな事をボヤキながら、私は砂糖がたっぷり入った紅茶を口に含むのであった。

※※※

「よう、久しぶりだな」

「あら、ギルさん。今日はどんなご用件で？」

最近何かと忙しく、ギルドに顔を出せていなかった訳だが。

前に比べれば随分と顔色の良くなったアイリ嬢が、俺の事を出迎えてくれた。

「少しばかり休暇を貰ってね、近くで体を〝慣らし〟に行こうかと思ったんだが。何か良い依頼はあるかい？　出来ればその……」

「なるべく報酬の良い仕事、ですね？　分かりました」

「悪いね」

彼女は資料の束を捲りながら、いくつかの案件を進めてくれる。

しかしながら、伝えられた内容は少し微妙。

やはり個人でウォーカーをやっていると、進められるクエストが少ないという事なんだろう。

などと思って渋い顔を浮かべていれば。

「なんなら、私と一時的にパーティを組みます？　ノインも外に出たがっていましたし。それならパーティ推奨のクエストもご紹介出来ますよ？」

こちらの表情で読み取ったのか、彼女はそんな事を言いだした。

そう言われれば当然、周囲からの鋭い視線が倍以上に増加するのが分かる。

「あぁ～いや、そのなんだ。嬉しい提案ではあるし、悪食のアイリと共に戦えるってのは安心感が段違いなんだが……俺も既婚者なんで、その、な？　ノインだけだと、やっぱり周囲の視線が……色々と。ナカジマとかが付いて来てくれるなら、問題ねぇんだろうが」

ボソボソと呟けば、アイリはなるほどと頷いた後。

「カイルさ～ん！　居ますかぁー？　〝戦風〟の皆さーん？　今日は暇そうにしてましたよねー？」

カウンターから元気な声を上げる受付嬢。

すると随分と隅の方から、見慣れた面々がこちらに歩み寄って来た。

「おう、何か良いクエストが出てきたかい？」

軽い声を上げるカイル、そしてソレに続く戦風の面々。

そんな彼等に彼女は微笑みを浮かべながら。

「本日の午後から、ちょっと仕事に行きません？　私達と一緒に。依頼はこんなのでどうでしょう？　それなりの人数になる訳ですから、少しくらい大物の方が良いかと」

軽い様子で依頼書を差し出す彼女と、受け取って「ふむふむ」などと声を上げているカイル。

しばらくしてから、戦風のリーダーはニカッと笑って親指を立てて見せた。

「受付嬢からデートの誘いを断ったとなれば、戦風の男メンツは玉無しなんて呼ばれちまう。いいぜ、乗った」

「大将、下品。相手はアイリさんなんだから、もう少し言葉を選びなさいよ」

ポアルに膝蹴りを貰いながら、カイルはハッハッハと豪快な笑みを浮かべていやがる。

いったいなんのクエストを受けたのやら、俺にも教えて欲しい所なんだが。

「それじゃこっちも許可貰いますねぇ」

「いや、今からかよ」

思わず突っ込んでしまった俺に反応してくれる人はおらず、彼女はそのまま受付の奥に向かって大声を上げた。

「支部長ー！　今日の午後から数日休み貰って良いですかー⁉」

アイリの声が上がれば、奥からバタバタと走る音が聞こえ、支部長が眉を顰めながら顔を出した。

「……どれくらいだ？」

「一週間くらいですかねぇ」

「獲物は？　場所は？」

「……王蛇、近くの村です。あと道中の魔獣」

「三日で帰ってこい」

「えぇ……」

それだけ言って、パタンッと扉を閉める支部長。

何というか、扱いがえらく緩くなったもんだと思ってしまう。

以前のギルドならこんな事は考えられなかった。

あの支部長が依頼期間以外に時間を指定する事も、殆ど内容も聞かずに〝帰って来られる〟と確信めいた信頼を置いている事も。

昔馴染みだから嫌でも分かるが、やはり随分と悪食の事を信頼しているご様子だ。

変われば変わるもんだ、なんて事を思ってしまう訳だが。

「ハツミちゃん、聞こえる？」

急にアイリ嬢が声を上げれば、その影から一人の少女が顔を覗かせる。

見た目的には非常に怖い、というか不気味な光景。

だが城でも良く見る光景なので、俺自身も結構慣れてしまったが。

何たって姫様の護衛として、俺達は御指名で雇われているのだから。

「あ、ごめんね？　今大丈夫だった？」

「えぇ、問題ありません。休憩に入ったところでしたから。姫様も仕事部屋で缶詰状態です、危険はありません」

「あらら～」

俺も騎士に復帰して、色々と姫様……もとい女王様の状態は見ているが。

やはりあの仕事量は、若い子には些か可哀そうに思えてしまう。

とはいえトップに立ったのだ、出来ませんでは済まされないのは確かなのだが。

「今日からノインを連れて森に出ようかなって思うんだけど、ノインに声を掛けて来て貰って良いかな？　あとナカジマさんにも。ノインが抜けるとお仕事に穴が空いちゃうからね」

「多分ノアも行きたがると思いますよ？」

「やっぱりそうなるかな……ま、姫様の〝魔人〟に対する発表も出てるから問題無いでしょ、ウォーカー登録もしたし。呼んで来て貰っても良い？」

「了解です、二人の事よろしくお願いします」

「はい、承りました」

そんな会話の後、ハツミちゃんは再び〝影〟の中へと潜っていった。

立場としては彼女も騎士にあたる訳だから、ちゃん呼びは不味いかとも思ったのだが。

本人も特に気にした様子は無いので、そう呼ばせて貰っている状態。

しっかし距離に限度はあるとはいえ……便利だなぁ、影の称号。

相手からの呼びかけにも応じられるとなると、かなり万能に思えてしまう。

なんて事を思っていれば。

「アイリ様！　私も是非外へ！」

「姫様、貴女はお仕事の途中です」

一瞬だけ顔を出した国のトップが元気な声を上げたかと思えば、ハツミちゃんに頭を押さえられて再び影の中へと戻っていった。

皆してポカンと口を開ける中、シーンと静まり返るギルド内。

〝影〟の称号の持ち主、コレ以上増えない方が良いのかもしれない。

※※※

「ポアル、細かいのは任せるぞ！　リィリ！　仕事しろ！」

「してるっての！」

叫び声が飛び交う中、目の前の王蛇に向かって数本の矢が飛んで行く。

その一本が王蛇の目に突き刺さり、相手は苦しそうな叫び声を上げた所で。

「ザズ！　ギル！」

「分かっとるわい！　ギル！　合わせるぞ！」

「おうよ！」

ザズの爺さんとアイコンタクトを取った後、義手の先から炎を燃え上がらせる。

その炎をザズの魔法で火力を底上げし、鋭く尖った義手の爪を相手に向かって叩き込んだ。

「消し炭になりやがれ！」

腹に突き刺さった義手の先から、盛大な炎が噴射する。

皮を焦がし、生きたまま肉を焼き、周囲に焦げくさい臭いが広がる中。

王蛇は体を焼かれながらも、此方に首を向けて来た。

「だぁくそ！　蛇ってのは、やっぱなかなか死なねぇな！」

叫び声を上げながら義手を引っこ抜き、相手の攻撃に備えた瞬間。

「ハッ！　軽いね！　アイリさん！」

「うっしゃぁぁ！」

こちらに首を伸ばした蛇の頭を、前に飛び出したノインが盾で払いのけた。

防ぐのではなく、逸らす。

それだけに注力した様な、完成された動き。

彼の体の大きさと、王蛇の大きさを考えれば防げない筈の一撃。

だと言うのに、彼はいともたやすく相手の攻撃を〝逸らした〟。

「小物がぁぁ！　沈めぇぇぇ！」

十分にデカいと感じる王蛇に対して、いつもギルドで笑っていた受付嬢が踵を叩き込んでいる。

更には拳に嵌めたガントレットを連撃で相手の頭に叩き込み、カチッと何かのトリガーをひき絞ると。

「弾けろ！　蛇如きが！」

ズバンッ！　と爆発音が鳴り響き王蛇は悶え、彼女の拳からは煙が上がっている。

アレが彼女の新装備、アイツ等が〝趣味全開装備〟なんて呼んでいたモノの同系統。

随分とゴツいガントレットの一部が開けば、使い終わった魔石がパシュッ！　という音と共に排出された。

何処までも異形で、何処までも美しい〝黒〟。

そんなガントレットを装備したギルドの受付嬢は、華麗に空中を舞っていた。

「まだ終わってません！　カイルさん！　ギルさん！」

「ッ！　了解！」

「どらぁぁぁぁ！」

ビタンビタンと暴れる蛇の頭に義手を叩き込み、無理矢理地面に固定する。

ソレと同時に、カイルが大剣で鰻でも捌くかの様にして、腹に一直線に切れ目を入れていく。

周囲には大量の血液がまき散らされ、そこら中を赤く染め上げる中。

「ノイン！　遅いよ！　言われなくても動く！」

「すみません！　すぐ魔石を砕きます！」

「ノインのバフを強くしますね！」

悪食の面々が叫んでから、ノインの坊主が盾を相手の心臓へと叩き込んだ。

そして、数秒間ビクビク震える魔獣を確認した後。

「はい、皆お疲れ様。ノイン、仲間の動きを見るのは良いけど、自分の仕事を忘れない様に。君は常に一番前に居るんだからね？　ボケッとしていると齧られるよ？」

「すみません……」

誰一人として怪我人が出なかった。

王蛇に対して、完全勝利出来たというのに。

ノインは何故かアイリ嬢からお叱りを受けていた。

いやいやいや、これウォーカーとしてはだいぶ良い動きだったからな？

騎士やら兵士達の連携としても、結構合格ラインだからな？

なんて事を思っていれば。

「ノアちゃんもだよ？　声を上げているメンツに注意が向いて、リィリさんやポアルさんに対するバフが薄くなったでしょ。気を付けるんだよ？　誰しもミナミちゃんやシロちゃん、それにニシダさんみたいに〝現場〟がサポートしてくれるとは思わない事」

「すみません……仰る通りです」

更にお叱りは続く。

悪食の若い衆は、王蛇を狩った喜びよりも出来なかった事の反省点に夢中。

あいつら確か十五とかそこらだよな？

そんなのが王蛇を狩ったのに叱られる、この状況はいったい。

「あ、あのアイリさん？　私達は別に大丈夫だから、それくらいにしてあげては？」

たまらずポアルが口を出すが、彼女はニコォっと微笑みを返して口を開いた。

「さっきみたいな〝小さな王蛇〟だったから構いませんが、もっと大物。または別のモノだった場合、〝今回は良かった〟では済まされませんから。一人でも食われてしまったら、同じセリフが言えますか？　そうならない為に、改善するべき箇所は出来る時にやっておかないと」

「すみませんでした、仰る通りです」

一瞬で引き下がる戦風の面々。

リィリは既に怯えた顔をしているし、ザズは気まずそうに視線を逸らしている。

大将である筈のカイルは……木陰に隠れながら大剣に付いた王蛇の血を拭っていた。

「おい、カイル」

「言うな、あぁなった時の悪食メンツは怖いんだ。しかも、聞いてるだけでこっちの心が持たねぇ。下手に周りが口出すと、もっと長くなるぞ」

「気持ちは分かる、だがな……」

「わぁってる……でもよ、普通王蛇を全員無事に狩った後に説教始めるか？　部外者だから何も言われねぇが、俺等も身内だった場合何を言われるか分かったもんじゃねぇぞ」

「それはまぁ、分かるが」

ココまでの大物を狩ったと言うのに、急に説教なんぞされたら普通のウォーカーなら反発する奴の方が多いだろう。

だが彼女の言っている事は全て正論であり、更には彼等の事を想って注意している事柄ばかりなのだ。

だからこそ反論も出来ないし、反発しようものなら〝竜殺し〟の称号を持つ受付嬢に喧嘩を売る行為になる訳だ。

「とはいえ、二人共頑張りました。良く出来たね。次からはもっと上手く狩れる様に、今注意した事は覚えておいてね？　食べる為にも、守る為にも必要な事だよ？　あの人達なら連携を忘れる事も、誰か一人が無茶をする事も無い。無茶をするなら、全員でやる。絶対に誰かに重荷を背負わせない、いいね？」

「「はい！」」

そんな彼女の言葉を聞いていて、思わずポツリと言葉が漏れてしまった。

「アイツが腕を怪我した時、確か一人で無茶したって聞いた様な……」

そんな言葉を溢してしまったのが、間違いだったのだろう。

子供達は「あっ」と小さく声を上げるし、戦風の面々は即座に視線を逸らした。

「腕を飛ばされて治ったその後、キタヤマさんがどんな折檻を受けたか……聞きたいですか？」

「いえ、結構です」

非常ににこやかに笑う受付嬢。

その顔が、今日だけはとんでもなく恐ろしいモノに見えたのであった。

※※※

『十年後、初雪が降るその日。この国を亡ぼす〝厄災〟が降りかかる。それに立ち向かうのは、異世界から訪れた勇気ある者達』

その予言を残し、大好きだったお母様は静かに息を引き取った。

それからだ、この国がおかしくなったのは。

「また……ですか？」

「あぁ、もうあまり時間が無い」

優しかった父は〝勇者召喚〟ばかりに拘るようになり、疲れた顔を浮かべながらも、平然と人の命を〝使う〟真似を繰り返す。

戦う事、というか戦う物語が好きだった兄は〝厄災に向けて〟なんて言い始め、過激な戦闘訓練ばかり。

昔よりももっと暴力的になり、今では戦う事しか考えていないのではないかという程に、戦闘狂とも言える存在になってしまった。

その全ては、この国の為にという言葉を並べて。

母の残した予言、もとい〝英雄譚〟。

それさえ無ければ、今の様な状況にはならなかったかもしれないのに。

こんな事なら何も知らずに平和に過ごし、ある日突然滅んでしまった方が幸せだったのかもしれない。

そんな事を思って、幾度となく母を恨んだ記憶もある。

だが結局はきっかけに過ぎず、変わってしまったのは本人達の選択なのだと言い聞かせた。

私の称号は〝影〟。だからこそ、普段から存在が希薄になる。

まるで私など居ないかの様に、こちらから何かをしなければ気付いてさえ貰えない。

一度気付いたとしても、すぐに意識を逸らされてしまう。

幼い頃から幾度となく辛い思いをして、ずっと孤独で。

成長した今でも、二人をどうにか出来る程の影響力など微塵も持てないでいる。

誰とも深く関われないのだから、至極当然の結果だが。

そして、もう一つ。

〝まだ見ぬ英雄譚の語り手〟

母と同じこの称号のせいで、私の存在は隠されてきた。

ソレがより一層私の存在を孤独にさせた。

周囲からも、世間からも。

私は〝居ない筈〟の存在になってしまったのだ。

寂しい、毎日が辛い。

生きているのに、私が生きていると認めてくれる人がこんなにも少ない。

城の中では私の存在は知られているが、それでも気付いて貰えない。

当初はいろんな人に声を掛けて、私の事を知って貰おうと頑張ったけど。

いつまでも変わらない現実に、その活力も尽きた。

もう、どうにでもなれ。

諦めた様なため息を溢しながら、今日もベッドに突っ伏していた。

「あぁ、このまま全部無くなってしまえば良いのに。そうならないのなら……誰か、私を助けて下さい……」

ただ生きているだけ。

何もすることなく、父や兄の愚行を眺める毎日。

疲れた。

誰も助けてくれないのなら、もういっそ私を――。

そこまで考えて、私は夢の中へと意識を手放すのであった。

※※※

夢を見た、この国に多くの敵が迫る景色、見た事もない大きな魔獣の影も見える。

ソレ等は好き勝手暴れまわり、目に見える全てのモノを破壊していった。

逃げ回る人々、必死に戦う兵士達。

彼等を嘲笑うかの様に、蹂躙を続ける〝ナニか〟。

脅威と呼べる存在を城の窓から震えながら眺めていれば、真っ黒い誰かが室内へと入って来た。

「無礼者！」

多くの人が声を上げる中、彼等は怒鳴り散らしながら父の下まで歩み寄り。

そして、真正面からぶん殴った。

外はこんな状況だというのに、城の中でもこの様な混乱が……なんて、震えていると。

室内に入って来た彼等の一人が、真っすぐに私の事を見つめて来た。

「――――!?　――――！」

何かを、叫んでいた。

でも、その声が聞こえない。

私の事を見てくれて、言葉を紡いでくれているというのに。

彼の想いを、今の私は聞く事が出来ない。

もどかしい。

あの人の言葉を聞き届けたい、ソレに答えたい。

ここまで強い感情を思い浮かべたのは、随分と久しぶりの事だ。

喉の奥に詰まった何かを吐き出す様に、必死に声を上げようとした。

苦しくて、辛くて。

それでも〝黒い彼等〟に、言葉を紡ぎたくて。

どうにかして言葉を紡ごうと藻掻いていれば、彼は。

「俺達が助けてやる！」

その言葉が聞こえた瞬間、スッと全身から力が抜けたのが分かった。

いったい何に対して、こんなに力が入っていたんだろうと自分でも思う程。

胸の奥から安堵する感情が広がっていく。

すると、私の口は自然に言葉を溢した。

「私を……助けて下さい」

私の声に一つ頷いた彼は、窓の外へと視線を移す。

そこから見えるのは、まさに地獄絵図。

昨日まで平和だった国が、ある日絶望の淵に立たされた光景。

彼等はソレを睨みつけて、叫んだ。

「〝悪食〟はこの依頼を受ける。お前等、戦闘準備！　全部食い散らかすぞ！　全部だ！」

「ハハッ、こりゃまたすんごい命令だ事。うっし、行きますか！」

「ウチのリーダーらしいねぇ。ま、仕方ないでしょ。とりあえず壁ブチ破るけど、ごめんなさぁい！」

そんな事を叫びながら、彼等は戦場へと舞い降りて行った。

とても大きな背中、頼もしい声の数々。

絶望的な状況にあっても、軽口を叩きながらあの戦場へと飛び込んで行く勇気。
間違いない、あの人達が〝勇者〟なんだ。
この国が求め、お母様が予言した〝異世界人〟。
そして、私の事を助けてくれる人達。
夢の中で、私はその人達に出合った。
コレが私の最初に見た〝英雄譚〟。
ここまではっきりと見えたのは、初めての事だった。
もう心は決まった、私の全てを差し出そう。
彼等が勇敢に戦える様に、この未来が現実のモノとなる様に。
お母様は言っていた、異世界人の未来は変わりやすいと。
本当に些細な事で、全く違う未来になってしまう事もある。
だから私は彼等に全てを差し出そう。
私が使える物、持っているモノ、そしてこの身さえも。
そう心に決めた瞬間、夢は終わるのであった。

※※※

「今のは……」

眼を開ければ、いつもの天井が広がっていた。

でも、明らかにいつもとは感覚が違う。

身体はじっとりと汗ばみ、掌にくっきりと爪の跡が残るくらいに強く握りしめている。

私は〝視た〟、間違いなく未来の〝英雄〟の姿を。

早く、早く彼等が来る前に準備を進めなければ。

お父様に相談するか？　きっと勇者が来るのが見えたと言えば協力してくれる筈だ。

なんて事を思いながらベッドから飛び出せば。

「なっ⁉　あの光は！」

窓から身を乗り出す様にして、その光景を覗き込んだ。

謁見の間の方角、そして何度も見たあの光。

今日、どうやら新たなる〝異世界人〟が呼ばれたらしい。

こう何度も連続で使える程手軽な魔法ではなかった筈なのに、あの人はまたあの〝禁忌〟に手を出したのか。

なんとなく嫌な予感がする。

今の夢と最近のお父様の行動を見ると、どうしようもない焦燥感がこの身を支配した。

大丈夫、大丈夫な筈だ。

なんたって彼等は〝勇者〟に間違いないのだから。

そう自分に言い聞かせながらも、ソワソワする心が落ち着かない。

そして何より、もしもあの場に〝彼等〟が呼ばれたのだとしたら……一刻も早くこの眼で確かめたい。

「ダメです、我慢出来る訳がありません」

はしたないかもしれないが、その場で寝間着を脱ぎ捨ててクローゼットからお気に入りのドレスを引っ張り出す。

本来はメイド達に着せて貰うのが貴族や王族というモノだが、私の場合〝影〟の称号の影響もあり、自分で着る事を覚えた。

とはいえ、どうしたって背面などは一人だと上手く出来なかったりする事もある訳で。

「あぁもう！　こんな時に限って！」

紐が上手く結べなかったり、変に皺が寄ってしまったりと散々な目に遭ったが。

何とかドレスに着替えた私は城の中を全力で駆けた。

早く、早く見たい。

一刻も早く会って、言葉を交わしたい。

そんな想いを胸に、王の謁見室の扉を開いてみれば。

「ん？　あぁ……シルフィか。どうした？」

疲れた顔のお父様が、頬杖を突きながらため息を溢していた。

いくら見渡しても、〝異世界人〟の姿は見えない。

「あ、あの。先程〝勇者召喚〟を行われた様ですが……」

「気が付いたのか、しかし今回も駄目だった。三人も呼べたというのに、皆〝ハズレ〟だったよ。はぁ……いったいいつになったら〝勇者〟が召喚できるのか。このままでは間に合わない――」

お父様が話している途中で、謁見室を飛び出した。

今しがた追放されたばかりだと言うのなら、まだ間に合う筈。

息を切らしながら自室へと戻り、私が宝物と称して保管している物品を引っ張り出す。

黒いマジックバッグ。

お母様が生きていた頃、とても珍しい物が手に入ったからと言って、私の誕生日に頂いた物だ。

見た目は普通の腰に吊るすバッグではあるが、驚く程に入る量が多い。

そして時間の経過を阻害する強力な〝付与魔法〟。

間違いなく私の持っているモノの中で、一番高価なモノだった。

更には。

「ていっ！」

私が何かを成し遂げた際や、お小遣いとして貰っていたお金を幼い頃から溜めていた貯金箱。

王猪をモチーフにしてあるらしく、雄々しくも可愛らしい見た目をしていたのだが。

その子に対し、鞘に入ったままの短剣を躊躇なく叩き込んだ。

バリンッ！　と音を立てながら砕ける貯金箱にちょっと泣きそうになったが、今はそれどころではない。

散らばった金貨を集めてバッグの中に放り込み、すぐさま部屋を飛び出した。

急げ、急げと自分に言い聞かせて次に訪れたのは兵士の武具保管庫。

その一角に山積みに置かれている、古くなった防具や武器の数々。

「こ、これなら……貰っても怒られませんよね？」

はぁはぁと息を切らしながらも、まとめてソレ等をマジックバッグに突っ込んだ。

もはや何がどれくらい入っているのかさえ分からないが、とにかくいっぱいあれば何かしらに使える筈だ。

使い捨てても良いし、売っても良い。

だから、全部詰め込んだ。

「ま、まだ大丈夫でしょうか？　もう追い出されたりしてないでしょうか？」

早く早くとバタバタ動き回りながらも、ふと飾られている一本の剣が眼に入った。

別段、他の剣と変わりがある様には見えない。

しかし、決定的な違いがあるソレ。

付与魔法〝幸運〟。

しかし一度の戦闘でしか効果は発揮されず、使い切りの剣だと聞いている。

なんでも、効果が切れると折れてしまうんだとか。

たとえ素人でも〝事故〟の様な形で大物が狩れたり、対人でも偶然勝ててしまったり。

そんな言い伝えが残る、不安定な付与魔法。

だからこそ使い処に困り、こうして飾られている訳なのだが……。

「でも、コレは流石に……いや、でも……あぁもう！　全部あげるって決めたじゃないですか！

後でいくらでも怒られてやります！」

壁に飾られた付与付きの剣。

見た目は一緒なので間違ったという事にして、ソレもマジックバッグに放り込んだ。

それが終われば、また走る。

生まれて初めてかもしれない、こんなにバタバタと走り回ったのは。

煩い程に胸が高鳴り、疲れなど忘れて手足を動かしたのは。

必死に「間に合え」と強く願いながら、私は廊下を駆け巡った。

そして、ついに。

「はぁぁぁぁ」

「これから……どうなるんだよ俺等」

「家も金も職も無い……せっかく異世界に来たのに……」

見つけた、間違いなくあの声だ。

夢に出て来た、あの人達だ。

コソッと通路の奥から覗き込んでみれば、兵士に囲まれた三人の男性が暗い顔でこちらへと歩いて来ている。

「すぅぅう、はぁぁぁぁ」

何度深呼吸しても、ビックリする程脈打っている心臓が止まってくれない。

いや、止まっては困るが。

でも、ここまで脈打っていると困る。

まともに話せる気がしない。

「落ち着け、落ち着くのです……冷静に、ちゃんと礼儀正しく。小娘だと思われない態度を取らないと……」

その後何度も深呼吸を繰り返していたら、もうすぐそこまで足音が迫って来てしまった。

もう、時間の猶予が無い。
色々諦めながら、バッと姿を現すと。
「っ⁉」
何度も言うが、私は〝影〟の称号のせいで存在が希薄になる。
その効果を使えば、相手の目の前に立っても気付かれない程に。
だというのに、姿を現した瞬間その人は此方に向かって視線を向けたのだ。
さも当然の様に、当たり前に〝私〟という存在を見てくれた。
先程見た、夢と同じ様に。
やっぱり間違いじゃない、この人達だ。
この人達が、〝英雄〟になるんだ。
だったら、私だっていつまでも隠れてばかりは居られないだろう。
「見送りは私が替わります、貴方達は下がりなさい」
多分人生で初めて、兵士に向かって偉そうに命令を出した。
内心はドキドキしっぱなしではあるし、人前に立つ事だって慣れていない。
でも今この時だけは、〝ちゃんとした王女〟に見られたかった。
「聞こえませんでしたか？　下がりなさい。私が替わります」
凄く緊張した、とても我儘を言っている気分になった。
それでもこの選択は間違っていないと信じて、私は突き進んだのであった。
私の行動が間違っていなかったと、この時行動して本当に良かったと。

全てが終わった今だからこそ、心からそう思うのだ。

だって、貴方達が運んでくれた結末はこんなにも穏やかなのだから。

黒き英雄の皆様、お帰りを心よりお待ち申し上げます。

その時が来たら私にも「お帰りなさい」と一言、言わせて下さいませ。

イージスの、〝情けない王女〟より。

※※※

「もう皆集まっていたか。すまないな、急に呼び出して」

「いえいえ、残業お疲れ様です。支部長」

本日の仕事終わり。

〝報告会〟を銘打って、目立つ存在を集めてみた訳だが。

どうやら残業が発生してしまった俺が一番遅れてしまった様だ。

今でこそ顔馴染みの様にはなっているが、昔で言えば考えられない面々が揃っていると言えるだろう。

しかも、集まっている場所は酒場。

今回は大層な御題目を提示しているが、たまには男同士つるんで飲もうというだけの席。

それは各々理解していたらしく、集まったメンバー達の手には既にジョッキが握られていた。

「声を掛けて来た支部長が遅れて来るってのは、あんまり褒められた事じゃねぇなぁ？」

カラカラと笑うギルが追加の注文の声を上げ、すぐさま俺の前にもビールが運ばれて来る。

「だからすまないと謝っただろうが、ギル。しかしナカジマ、お前は本当に大丈夫だったのか？　孤児院も、最近では忙しくなってきているのだろう？　それに、キタヤマ達が未だ不在だからな」

「ご心配なく。こちらも最近は職員も増えましたし、それに子供達も皆良い子です。この時間まで起きているのは、統括の仕事を与えている子達くらいでしょうね」

「ノイン達か……いやはや、少し前まで小僧という雰囲気だったのに、立派になったものだな」

「そりゃウチの嫁さんも孤児院で働いてるんだ。良い子に育って貰わなきゃ困る」

ナカジマと話していれば、隣から茶々を入れて来るギル。

この男は……もう酔っているのか？

確かにあまり酒に強い印象は無かったが、出来上がるにしても早過ぎだろう。

コイツの奥さんのソフィーさんも、これでは随分と苦労している筈だ。

「まぁ、大丈夫だと言うのなら安心して飲める訳だ。では遅れて来た私が言うのも何だが、乾杯しようか。今日は私が奢る、各々普段から苦労しているんだ、今夜くらいは羽を伸ばしてくれ」

「お、今日の支部長は太っ腹だ。なら、たんまり飲ませて貰おうかね」

「俺まで……良いのだろうか？」

そんな声を上げながらも、皆掲げたジョッキをぶつけ合う。

いやはや、こういう飲み会は久し振りだ。

集まっているメンツは、ウォーカーギルドからは私と〝戦風〟のカイル。

そして〝悪食〟のナカジマ。

本来なら三馬鹿連中も呼びたかったのだが、アイツ等は今この街に居ないからな。

更には現在姫様……正式には女王と言った方が良いのだろうが、彼女の護衛を務めているギル。

最近騎士同士で繋がりがあるらしく、エドワード・タルマという騎士様を連れて来た様だ。

なんでも過去に悪食とも関わりがあるらしく、イリス嬢を通して友好を結んだ様だ。

という訳で、現状この五名で酒場の一角を陣取っていた。

件のイリス嬢の御父上、ダイスにも声を掛けたのだが。

「少々仕事が……いや、可能な限り早く終わらせて向かいますとも。少し遅れるかもしれませんが、どうにか……えぇ、どうにか向かいます」

普段だったら絶対見られないであろう歯を食いしばった様な表情を浮かべながら、彼はそんな事を言っていたが。

現在国の重役となり、姫様の補佐をする立場にあるのだ。

彼の仕事量を考えれば、急に誘われた所ですぐに足を延ばす事も出来ないのだろう。

だが本人は参加する気満々の御様子だったので、期待して待つとしよう。

というか、彼さえも普通に飲みに誘える環境というのも恐ろしい。

以前で言えば声を掛けるのも恐ろしい程、位の高い人間だったというのに。

今では国王お付の側近と言った所か。

その彼と普通に話が出来るのは、悪食とイリス嬢の繋がりがあってこそなのだが。

しかしながら、それくらいに上下関係を気にしない繋がりが出来ているのは確かだ。

普通の国家なら、まず考えられない事だな。

「して、本日はどのようなご報告をすればよろしいのでしょうか？」

未だ硬い雰囲気を纏っているエドワードが、そんな言葉を洩らした瞬間。

「ブワァカ、生まれの身分で言えばお前が一番上かもしれねぇのに、何畏《かしこ》まってんだよ。飲んで騒いで、日々のストレス発散しようって席だっての」

「し、しかし名目は〝報告会〟……では？」

ギルが現状の身分を使って、物凄く雑に絡んでいる。

はてさて、奥さんにこの姿を見せたらなんと言われる事やら。

「あまり肩肘張らずに楽しんで貰えると助かります、騎士様。各所の近況を聞こうとしたのは確かですが、そう堅苦しいモノだとは思わないで下さい」

「は、はぁ……では、俺の事もエドワードと呼び捨てにしてくれ。こうも仲の良さそうな面々の中で、一人だけ敬語を使われては肩身が狭い」

「では、そうしよう」

軽口を叩きながら口元を吊り上げてみれば、カイルから盛大なため息が零れる。

人の顔を見ながらため息とは、失礼な奴め。

「支部長、その顔。もうちっとニカッと笑えねぇんすか？　それだから顔面凶器なんぞと言われるんですよ」

「それは初耳だな、誰がそんな事を？　ん？　怒らないから言ってみろ」

「……陰では結構な数の面々が」

「なん……だと？」

割と、というか普通にショックなのだが。

俺は陰ではその様な呼び名で呼ばれているのか？

誰も彼も、確かに叱りつける時は委縮した雰囲気を見せるが。

まさかの、〝顔面凶器〟だと？

「あ、ちなみに言い始めたのは悪食の旦那ですね」

「クッソ……アイツめ……」

思わずギリギリと拳を握り締めていれば、その空気を霧散させるかの如く店員が料理の数々を運んで来てくれた。

色々と頼んでくれていたのか、気が利くじゃないか。

とか何とか思いながら料理を覗き込んでみると。

「おぉ、まさにと言うべき肴だな」

ホッケの塩焼きに、野菜のお浸し。

鳥の串焼きに、煮物のカボチャと来たものだ。

何というか、俺達の年齢を物語っているレパートリーだな。

若い連中が居れば、もっと派手だったり味の濃そうな物を頼んでいそうな所だが。

生憎と、今の面々の平均年齢はかなり高い。

一番若いのがギルという、訳の分からない事態になっている程だ。

「では、頂こうか」

それだけ言って皆揃って手を合わせ、〝いただきます〟と声に出す。

コレもまた、アイツ等の影響なのかと思うと笑ってしまうが。

まぁソレは良いとして、まずはホッケを頂こう。

コレだけ大食らいの面々が揃っているのだ、あまり遠慮していてはすぐに無くなってしまう。

そんな訳で、ゴソッと魚の肉を確保する。

「うむ、良いな。この店は」

そもそも海に泳ぐ魚という時点で、この街での入手はなかなか難しい。

遠い地から時間を掛けて運ばれてくるのだから、当然高価。

しかし高い金を払えば旨い物が食えるかと言われれば、そうではないのだ。

取り扱いが難しかったり、こういった遠い地の食材というのはメニューにあるだけで話題となる事は間違いないが。

処理が甘かったり、安い行商から仕入れたりすると、当然質が落ちるというもの。

だがコレはどうだ？

箸を入れれば良く焼けた表面がホロホロとほぐれ、真っ白い魚の身は崩した部分から柔らかな湯気を立ち上らせる。

ふんわりと香るこの魚独特の匂いにゴクリと唾を飲み込み、取り皿へと移してみれば。

「実に旨そうだ」

見ているだけで腹が減りそうな程、肉厚の魚。

それが最高の状態で、俺の前に滞在しているのだ。

であれば、美味しく頂いてやるのが礼儀というもの。

「改めて、いただきます」

一言残してから、零れてしまいそうな柔らかい身を口に運んでみると。

コレは、〝来る〟。

齧った瞬間口の中に広がる魚の旨味と、しっかりと味付けされた下味が素晴らしい。

こんなの、酒が欲しくなるではないか。

という訳で、一口食べてすぐにジョッキを傾ける。

強めの匂いを放つこの魚だが、やはり旨い。

人によって好き嫌いはあるし、以前のアイリなどであれば「臭い」とか平然と言われてしまった事だろう。

まぁここ最近、というか悪食に入ってからは好き嫌いなく何でも食べる様になったが。

以前は食わず嫌いが激しかったからな、アイツは。

とまぁ余計な事は良いとして、実に酒が進む。

臭いですら肴になりそうな雰囲気のコイツは、噛めば噛む程旨味が広がるのだ。

しかも噛み解《ほぐ》せばジワリジワリと旨味を含んだ脂と、更には先程言った匂いが口内を支配する。

コレが好きな人間にとっては、堪らない酒のツマミと言って良いだろう。

醤油を一滴垂らせば味が化け、ガッと食べるなら米が欲しくなりそうな程。

実に旨い、そしてやはり酒が進む。

などと、じっくり味わっていれば。

「骨貫うぞ骨、本当なら焼いて食いたい所なんだが」

「……あ」

そんな声と共に、カイルがバリバリと魚の骨を齧り始めた。

骨も喰うのかお前は、とか突っ込みを入れたくなったが、その前にもう既に食い尽くしてしまったというのが驚きだ。

私はまだ一欠片……とは言っても結構ゴソッと貰った訳だが。

それでも、取り皿に取った分を食べ終わる前に完食されてしまったらしい。

まぁ……この面々なら仕方ないのか。

皆戦闘職だしな。

最近は前線を離れているナカジマだって、あの悪食なのだ。

食べる量は、とんでもない事になっている筈。

奴等は皆、その体の何処に入っているんだと聞きたくなる程食べるのだから。

では、大人しく諦めて次に行こう。

後残っているのは鳥の串焼きに、野菜のお浸し。

そして……カボチャだ。

うむ、カボチャは久し振りに食べるな。

一人でうんうんと頷きながら、各種取り皿に確保していく。

まずはそうだな、野菜で口の中を整えよう。

「……旨い。春菊か？　珍しい物まで取り扱っている店なのだな」

「どうにもここ、以前の〝転生者〟が建てた店みたいですね。知っている料理の数々に、思わず目を留めてしまう珍しい品もありまして」

緩い言葉を溢しながら、ナカジマが料理の追加を注文していた。

奢るとは言ったが……大丈夫だろうな？

主に会計的な意味で。

少しだけ不安になりながら、件のお浸しを続けて口に運べば。

それはもう、ホッとする味わいが口の中に広がっていく。

胡麻と和《あ》えているらしく、非常にまろやか。

まさに口直しという言葉がぴったり収まる、間違いなくそう言える一品だろう。

先程クセの強い魚を食べた後だから、余計にそう感じるのかもしれないが。

だが、コレで準備は整ったというモノ。

ついでとばかりにもう一口酒で喉を潤してから、鳥の串焼きを手に取った。

コレも凄い、良い見た目をしている。

私が手に取ったのはぼんじり。

以前悪食の面々が料理した物を味わわせて貰ったが、魔獣肉では無いにしろプロの味を久しぶりに感じさせて貰おうと手に取ってみた。

では、いざ行かん。

ガブッと噛みついてみれば、口の中に溢れ出す鳥の脂と柔らかい感触。

しっかりじっくり炭火で焼いたのか、パリッと嬉しい食感を残すと共に、確かなプリプリとする歯ごたえ。

コレは旨い、実に旨い。

最近食欲が向上しているのもあってか、今の状態ならバクバクと何本だって食べられてしまいそうだ。

そして、何と言っても嬉しいのが。

「辛みそがあるのか……どれ、たっぷり付けて……」

ウチの国はこういった食品に関して、かなり強いと言えるだろう。

幾人もの異世界人を呼んだ経緯もあって、醤油や味噌。

特に豆製品に関しては、他国よりかなり進んでいると思って良い筈。

そんな訳で、赤い味噌をぼんじりに塗ってからパクリと一口いってみれば。

「んんっ！　これは旨いぞ！」

思わず声を上げてしまう程、旨い。

じっくりと旨味を広げる味噌に、瞬間的な印象を残す辛み。

辛すぎる事無く、かと言って名前負けする程弱くない。

非常にバランスの良い辛みが口内を包み込み、味わっていれば味噌の味が辛さを中和していく。

更には、鶏肉の味が遅れてジワジワと広がって来た所に、酒だ。

何度でも言うが、旨い。

先程から同じ感想ばかり残してしまうが、本当にコレに尽きる。

むしろ飯屋に来て、この感想が何度も残せるのだ。

それは非常に幸せな事と言えるだろう。

「支部長……実は、私は辛い物に目が無いのだが……ココの店は非常に〝扱いが上手い〟。奢りという事で遠慮していたが、この激辛系統を頼んでも良いだろうか？」

「エドワード、ここは日頃の鬱憤を晴らす席だ……つまり」

「つまり？」

「好きなだけ頼め！　今日の会計は俺が持つ！　次は誰かに奢って貰うがな！」

「あい分かった！　すみません！　注文を！」

騎士団長、エドワード・タルマもいよいよ肩肘張らなくなって来たのか。

意気揚々と辛い物を注文し始めた。

良いぞ、実に良い。

酒場に来たのなら、こうでなくては。

更に言えば、俺も辛い物は好きだ。

果たしてどんな品物が出て来るのか、今から楽しみで仕方が無い。

何て事を思いながら、最後のカボチャを口にしてみれば。

あぁぁ～コレは、なかなかどうして。

人を駄目にする味だ。

とてつもなくまろやか、ゆったりと口の中に幸せが広がっていく様。

甘く煮詰められたソレは、カボチャの硬い皮さえも噛みしめるとホロホロと崩れていく。

ちょっと今飲んでいるビールとは合わないかもしれないが、コレは酒を変えて改めて食べたいと思ってしまう程。

実に、良い。

という事で今届いたモノは大体口にしてしまった俺は、メニューを手に取って睨みつけた。

次は何だ？　何が良い？

腹にガツンと来る品も食べてみたいし、年齢を考えてゆったり食べられる一品物も捨てがたい。

落ち着け、残業明けだから腹が減っているだけだ。

ここで慌てて適当な物を頼んでしまえば、多くを味わう事無く腹だけが膨れてしまう可能性だってあるのだ。

それにまだまだ酒を飲んでいない。

他の酒は……何？　意外と多くの種類があるのか？

当たりも当たり、大当たりな酒場じゃないか。

色々と考えながら、思わず口元を吊り上げていると。

「すんませーん、ビールと大盛り唐揚げ！　あ、ビールは人数分お願いしまーす！」

「ギル！　貴様何を考えている⁉」

黒腕の酔っ払いが、勝手に全員分の酒を注文してしまったではないか。

これでは料理に合った酒を選ぶ事が出来ない。

こんなにも色々と用意している店だと言うのに、ビールだけ飲んで帰るなどありえないだろう。

慌ててメニューを睨んでいれば。

「ほい、お待たせ。ビール人数分と……激辛麻婆だ」

先程までの店員とは違い、えらく睨みを利かせた店員が小皿を運んで来たでは無いか。

どう見ても料理人、接客をする見た目には思えないのだが……彼が運んで来たソレは、随分と真っ赤だった。

「ほぉぉ……コレが、激辛麻婆」

「悪いね、お客さん。ウチの激辛は〝飯島〟って所から、いろんな人の手を借りて運んで来て貰ってる品物でね。この量で無理なら諦めてくんな。貴重な品なのに、殆ど手を付けず残されちゃ敵わねぇからな」

ぶっきらぼうに言葉を紡ぐ料理人に対し、エドワードが深く頭を下げた後。

真っ赤な料理をレンゲで掬い上げ、口に運んだ。

結果。

「んんっ⁉　辛い！　非常に辛い！　が、なんだ？　この後に引く様な旨味は……とても癖になりそうだ。パン、米……いや、そんな物は無粋だ。コレは単品で食べるのが正解、この旨味を薄れさせるのは勿体ないというもの……」

エドワードが難しい顔をしながら、真っ赤な料理をチマチマと立て続けに口に運んでいるではないか。

その料理の全てを探るかの様子で、一口食べるごとに首を傾げ、うーんうーんと唸っている。

「どうだ？　旨いか？」

「旨い、それだけは間違いない。しかしココは酒の席、合う酒を想像しているのだが……何が良いだろうか？　とにかく辛いのは確かだから、慣れている面々ではないと水を所望されそうだが」

なんて言葉を残しながら、エドワードが再びチマチマと麻婆を口に運んでいく。

いやいやいや、そんな事を考える前にこっちにも寄越せ。

思っている事が伝わったのか、彼は此方に向けて皿ごと寄越してきた。

では、頂こうではないか。

位や立場の問題もあって、本来なら色々アレな行為なのだが……今更気にする程ではない。

という事で、彼が食べていた真っ赤な料理を口に含んだ瞬間。

「か、辛い！　とにかく辛い！　が……なんだコレは。次の一口が欲しくなる上に、確かに米などで中和するのは勿体ないと感じてしまう程、旨い」

一口食べてみれば、とにかく汗が噴き出る程に辛い。

舌が馬鹿になってしまうんじゃないかってくらいに、刺激的な味わい。

だが、そこらの〝辛さ〟だけを前面に押し出した料理とは違うのだ。

確かな旨味と、中毒性とも呼べる〝次が欲しくなる〟旨味が残る。

旨辛というのは、多分こういう事なのだろう。

「ほぉ、そっちのお二人さんは問題ねぇ様だな。どうする？　大皿を持ってくるかい？　ソイツに合う酒も持って来てやるよ、酒は俺からのサービスだ」

「「是非！」」

声を揃えて返事をしてみれば、この店の店主？　と思われる男性は機嫌よく去っていき、俺達は激辛料理を少しずつ味見していく。

コレは本当に、良い酒場を見つけてしまったかもしれない。

料理は旨いし、珍しい酒もある。

しかも他国から直接取引もある貴重な店だという事も分かった。

もはや今日はこの店のメニューを制覇する勢いで食べてやろうかと、皆揃ってメニュー表を開いていた時。

「うっひぃ。よくそんな真っ赤なモン食えるなお前等、俺は怖くて食えねぇよ。そんなの食うなら、ソフィーがいつも失敗するミートパイを食った方がマシだね」

一人だけ、惚気る酔っ払いがヘラヘラと笑っていた。

ほほぉ、ソフィーさんはパイを焼くのが苦手なのか。

だがしかし、今ソレは関係無い。

という事でカイルがギルを拘束し、エドワードが彼の顔を掌でガシッと掴み、無理矢理口を開かせた。

では、いこうか。

「覚えているか？　ギル。以前パーティを組んでいた時にも教えたとは思うが……既婚者が嫁の愚痴を洩らすのは、既婚者が集まる席でのみ許されるという事を。世間一般では、ソレを〝惚気〟というのだよ。どうせアレだろう？　ソフィーさんが苦手だというパイでも、お前は喜んで食べるんだろう？」

「ん、んがぁぁぁー！」

ソイツの口に向かって、激辛麻婆を突っ込んでやった。

瞬時に吹き出す汗、吐き出したり倒れ込む程では無かったが。

彼は急に暴れ始め、必要以上に注文したビールを端から飲み始めた。

ソレで良い、責任持って無駄に頼んだビールをそのまま飲み干してしまえ。

「か、かれぇぇぇぇ！　なんだコレ⁉　お前等コレ普通に食ってたのかよ⁉」

ゲホゲホとむせ込みながらも、どうやら酔いは吹っ飛んだ御様子で。

先程までの緩い表情の騎士様は居なくなった。

「あぁくそ……ひでぇ目にあった。もう甘いもん食いてぇ……いや、ワインでも飲むか」

今では姫様の護衛だというのに、ダラダラと汗を流しながら必死にメニューを捲る騎士。

それこそ戦場では〝獄炎〟なんて呼ばれ始めているのだが、この調子では新たな二つ名が広がる事は無いだろう。

〝黒腕〟で十分だ、こんなお調子者。

「ワインと言えば、葡萄《ぶどう》畑ってこの近くに結構あるんですか？」

まさに話題の転換とばかりに、ナカジマが急に口を開いた。

その瞳はどう見ても仕事をしている時の目であり、なにやら色々と思考している御様子。

その彼の話に対して、エドワードとカイルがやけに食いついて来た。

「私が頂いた領地にも、小さいながら葡萄畑はありますね。何か興味がある様であれば、今度いらっしゃいますか？　悪食の方々でしたら歓迎いたしますよ？」

「知り合いって言ったらアレだが……何度か仕事を受けた貴族が葡萄畑を持ってたな。どうしたナカジマさん。今度はワイン造りでもするのかい？」

二人がそんな事を言い始めれば、ナカジマはニヤッと口元を吊り上げ。

「いやはや、様々な店のメニューを見た限り……少々お酒の種類が少ないと思いましてね？　名前が変わっても、大して味が変わらないとか。だったら、これは目の付け所かなと思いまして」

コイツは……相変わらず。

思い切りため息を溢しながら、メニュー表で彼の頭をベシッと叩いておいた。

「やるなとは言わん。しかし、今は仕事の話は無しだ」

「おぉっと、コレは失礼。形ばかりの〝報告会〟でしたものね」

即座にいつもの雰囲気に戻るナカジマに、少々薄ら寒いモノを感じながら。

改めて大きなため息を溢した瞬間。

「遅れて申し訳ない！　まだやっていたか……良かった。ダイス・ディーア・フォルティア、只今参上だ。遅れてしまった非礼もある、今日は私が奢るから、皆好きに飲み食いして頂ければ――」

「お待たせしました。激辛麻婆、人数分。お残しは、許しませんぜ？」

やっと仕事が終わったらしいフォルティア卿が姿を現した瞬間、隣からは真っ赤な料理が運ばれて来た。

ソレを見て、ヒクヒクと頬を引きつらせるダイス。

「おっと、もう一人追加ですか。すぐに準備しますね」

それだけ言って、厨房へと戻っていく店主（と、思わしき人物）。

これはまた、凄い事になって来たな。

「あぁその、なんだ。さっきので分かったと思うけど、俺は無理だ。カイル、俺のも食ってくれ」

「いやまぁ、構わねぇけど……俺味見してねぇからなぁ。無理だった時どうすんだよ？　残すなって言われたぜ？」

「その時は私が責任もって平らげよう、問題無い。なので是非、この辛さと旨味を味わってくれ」

カイルとギル、そしてエドワードが戯れる中。

ダイスは冷や汗を流しながら、私の隣の席に腰を下ろした。

「今日はその、慰労会というか、ただの飲み会だった筈だな？」

「えぇ、その通りです」

「コレは、なんだろうか？」

「美味しいですよ？　非常に辛いですが、それ以上に旨味があります」

「そ、そうか……では、頂こう」

途中参加のダイスだけは追加で運ばれて来た麻婆を、恐る恐る口に運んだ訳だが。

どうやら、お気に召したらしい。

ガツガツと食らった後、我々と共にコレに合う酒を探してくれた程だ。

店主がサービスで出してくれた酒も旨かったが、もっと合いそうな物もある気がする。

何てことをやりながら、色々と注文を繰り返す俺達。

本当にこの国は、これからどうなっていくのか。

ウォーカー組からは現状トップに位置する戦風のカイルと、支部長の私。

貴族組からは騎士エドワードと、最高位に立って居ると言えるダイス。

更には国のトップを護衛する立場に居るギルに、間違いなく陰から国を支える立場になってしまった悪食のナカジマ。

こんな立場も位も違う面々が、酒場でテーブルを囲んでバカ騒ぎしているのだ。

この様な光景、少し前までは考えられなかっただろう。

「辛ぇ！　だから俺には無理だって！　口から火が出そうだ！」

「おぉ!?　適性が〝炎〟だからって、ついに口から火を噴く様になったのか？　オラやってみろギル！　これからは大道芸で食っていけるぞ！」

「ははっ、ソフィーさんは結構辛いもの大丈夫そうですけど。ギルさんは駄目なんですね？　孤児院でも、辛いものを作る時は彼女が張り切っていますよ？」

「騎士たるモノ、この程度で音を上げる訳にいかぬ！　しかし辛い！　でも旨い！」

「姫様の護衛だというのに情けないぞ、ギル。この辛さが良いのだろうが。お、次が来たぞ？」

誰も彼も好き放題言葉を紡ぎながら、我々は酒とツマミを満喫するのであった。

「いやはや、コレはまた。混沌としてますね……悪食メンツで飲んでいる時とそこまで変わらない様な気が……あ、すみません。ウイスキーを一つお願いします。支部長も如何ですか？」

「あぁ、同じ物を頂こう」

緩い会話を続けている内にも、次々と運ばれてくる料理と酒。

確かこういう酒場は、〝居酒屋〟とアイツ等が言っていた気がする。

どこがどう正確に違うのかは分からないが、多分食事処に近い酒場という事なのだろう。

という事で、私は静かに酒の注がれたグラスを傾ける。

あぁ、旨い。

魔獣肉の影響か、脂っこい物を美味しく頂ける様になったので、余計に満喫出来るというもの。

やはり人は旨い物を食って、毎日を満足する為に頑張る生き物なのだ。

そんな事を思いながら、目の前で暴れる馬鹿共にため息を溢すのであった。

# 【第十二章】★ 遠い地で、今日を生きる

「森のクマさん発見！　数……十！」

西田が鋭い声を上げれば、角の生えた聖女様が前方へと駆けだした。

もうそれなりの時間を共に過ごした訳だが、〝思い切りが良くなった〟という印象が強い。

最初の頃は大物を見る度に、ヒーヒー言ってたのに。

「全体にデバフを掛けます！　それから皆さんにはバフを！　カナ、協力して！」

『了解！　竜だった頃は想像も出来なかったよ……あの熊が、あんなに美味しく化けるだなんて。やっぱり人間は面白いね、長い事封印された甲斐はあった』

一人の少女から、同じ声で二人分のセリフが聞こえる。

コイツにも驚いたが、聖女様の中には俺等が狩ったドラゴンの魂……って言ったら良いのかな？　とにかくそういうモノが入っているらしい。

思いっ切り目の前で当人の体喰っちゃったけど。

しかし本人も「いやぁ、自分を食べるとは思わなかったけど。コレ美味しいね、おかわり！」とか言っていたし大丈夫だろう。

なんでも昔は獣でも人でも食らうドラゴン様だったが、初代〝勇者〟に肉体と魂を切り離されてから随分といろんなお話を聞かされたらしい。

長い時間を掛け、食べる事も、眠る事も出来ずに封印され続けた結果。

様々なモノに興味が湧いたのだとか。

すごいね初代勇者、ドラゴン改心させちゃったのかよ。

「北君！　いつものフォーメーションで一気に片付けよう！　あんまり手間取ってると、獲物が〝逃げちゃう〟！」

そう言ってガツンガツンと大盾を打ち鳴らす東。

だがその手に〝パイルバンカー〟は握られていない。

悲しいことに俺等三人の〝あの装備〟はぶっ壊れてしまったのだ。

西田と東は竜の時に。

俺の槍に関しては〝こっちの地方〟に飛ばされてから、色々あって穂先が折れた。

穂先が折れただけだから、まだ「ズドン」は出来るかもしれないが……怖くて使ってない。

更に残念な事に、トール達が作った〝悪食シリーズ〟の武器達も竜の時からボロボロ状態。

なので、久しぶりに通常装備使い潰し戦法だ。

「ご主人様！　左右に広がっている様な個体《いかく》はありません、いつも通り一気に行けます！」

南が声を上げ、木の上からクロスボウで威嚇射撃。

相手の群れを小さくまとめ、とんでもない密集地帯を作り上げる。

ここまで来たら、もうやる事は簡単だ。

〝いつも通り〟、俺達流でやれば良い。

「望、カナ！　魔法準備！　捕縛するだけだぞ？　焼いたりするなよ!?」

「了解です！」

『分かってるって。ドラゴンブレス使うと説教されるし……』

二人と言っていいのか、一人と言えばいいのか。

まぁ、二人で一人って事でよいのか。

なし崩し的に俺等と同行している聖女様は、キッと正面を睨みながら杖を構える。

「西田！　俺と一緒に左右から攻めるぞ！　一匹も逃がすな！」

「おうよ！　こんだけの大物に、これだけの数だ！　しばらく〝ボウズ〟だったとしても肉には困らねぇぜ！」

なんて事を言いながら西田は俺の隣に舞い降り、両手に短剣を構えて姿勢を低くした。

いいね、やる気十分みたいだ。

「南は全体援護！　何かあったら報告しろ、聖女様の事頼むぜ！」

「お任せ下さい、一匹たりとも通しません！　とはいえ、ご主人様達から抜けられる〝大物〟がいるとは思えませんが」

信頼が厚いのは良い事だが、過信は良くない。

今一度南に目配せすれば、「分かっております」という一言と共に、カシャッ！　とクロスボウのマガジンを交換する。

あの雰囲気だ、多分大丈夫なのだろう。

セリフに反して、表情は本気そのもの。

いつもの頼れる後衛の気配が、ビンビンと伝わってくる。

「うっしゃぁ！　行くぞお前等！　東、突き破れぇぇぇ！」

「うおおおぉぉ！」

獣の群れに対し、両手に持った大盾を構えながら一直線に突っ込んでいく東。

その勢いは、これまで以上のモノ。

少しの間滞在して世話になったギルドで鑑定した結果、俺達のレベルは随分と上がっていた。

マジで、本人でも引くぐらいに。

だからこそ、これまで以上にウチのタンクは〝固い〟上に〝強い〟のだ。

俺達よりも体の大きな熊に対して特攻し、今では跳ね飛ばしている。

もはや、多分ダンプとぶつかっても東が勝つんじゃないかって勢いだ。

「っしゃぁぁぁ！」

「どらぁぁ！」

東に続いて俺等も群れに飛び込めば、そこはもう大混雑な上に乱戦も乱戦。

周囲には魔獣が溢れ、槍を雑に振るっても確実に当たるという様な状況。

そんな状況に自ら飛び込み、今日も俺達は暴れまわる。

本日の飯を手に入れる為に。

「抜けたよ！　引き返すね！」

「こうちゃん！　暴れるのに夢中になって東に轢かれない様にな！」

「分かってらぁ！　ずらぁぁぁ！」

何処へ行っても、俺達のやる事は変わらない。

獣を狩り、捌き、そして喰らう。

ソレが俺達で、〝こっち側〟に来てからずっと繰り返して来た事柄。

多分この先もずっと、こんな風にして生きていくのだろう。

御大層な目標も明確なゴールもない、ただ〝生きる為に生きる〟。

そして、生きる為に〝喰らう〟。

何処までも目の前の事しか見ていないし、漫画やアニメの様に異世界に召喚されたからって、俺達は主人公にはなれない。

禁忌だなんだと敬遠される〝黒い装備〟を身に纏い。

タブーである〝魔獣肉〟を喰らって生きている。

常に鎧を身に纏う俺等は周りから見たら相当〝濃い〟だろうが、ある意味〝薄い〟連中だろう。

何たって、殆ど素顔を晒していないのだから。

だからこそ俺達は、主人公にも勇者にもなれない。

俺達は何処までいっても狩人であり、〝ウォーカー〟にしかなれないのだから。

「ご主人様！　新手、右から二匹接近中です！」

「一匹はこっちで対処する！　こうちゃん、もう一匹任せた！」

「こっちのは任せて！　一気に轢く！」

「東さんの方は私が援護します！　〝バインド〟！」

『こりゃぁ……久々に大漁だね』

帰り道であっても、狩りをする。

腹を満たす為、生きて帰る為に。

ついでに言えば、待っている奴等の土産を増やす為に。

「しゃぁぁ！　貰ったぁ！」

相手の額に槍の穂先を叩き込み、もう一本の槍を投擲してから姿勢を低く構え、そして叫ぶ。

「南！　槍！」

「はいっ！」

そんな訳で、ずっと変わらない。

昨日も今日も、多分明日も明後日も。

俺達は〝勇者になれなかった〟ハズレ組。

だからこそ、ただのウォーカーとして生きるのだ。

金の為に、生活の為に、喰う為に。

自分達で狩った獲物を捌き、そんでもって飯を作り続ける。

ただただ旨い物を喰いたいが為に、そんでもって誰かに喰わせる為に。

三馬鹿トリオで始まった俺達の冒険は、今では随分と仲間が増えた訳なのだが。

それでも、やっぱり変わらない。

「うっしゃぁぁ！　今日は肉ゲットだぜぇぇ！」

「「うぉぉぉ！」」

「お疲れ様でした、ご主人様方」

「お、お疲れ様です！」

『いやぁ、夕飯が楽しみだねぇ』

今日もまた、旨い物を求めて命を狩る。

生きる為に食べる、食べる為に殺す。

何処までも動物的で、野生的で。

そんでもって、欲望に忠実。

「よっし！　南と聖女と俺で解体！　西田は周囲の探索と山菜なんかを探せ！　東は火の準備！

今日は豪快にやるぞ！」

「「うおっしゃぁぁ！」」

「そろそろ魚にも飽きてきましたからね、久々に味の濃い物が食べたいです」

「熊は匂いも濃いんですけどねぇ……」

『でもこの熊は美味しいよ？』

俺達は生きていく。

その為に、今日も今日とて飯を作る。

でもせっかくなら、旨いものが食いたいじゃないか。

高価でも特別でもないが、腹いっぱいになるまで食いたいじゃないか。

そんな訳で、俺達は今日も男飯を拵えるのであった。

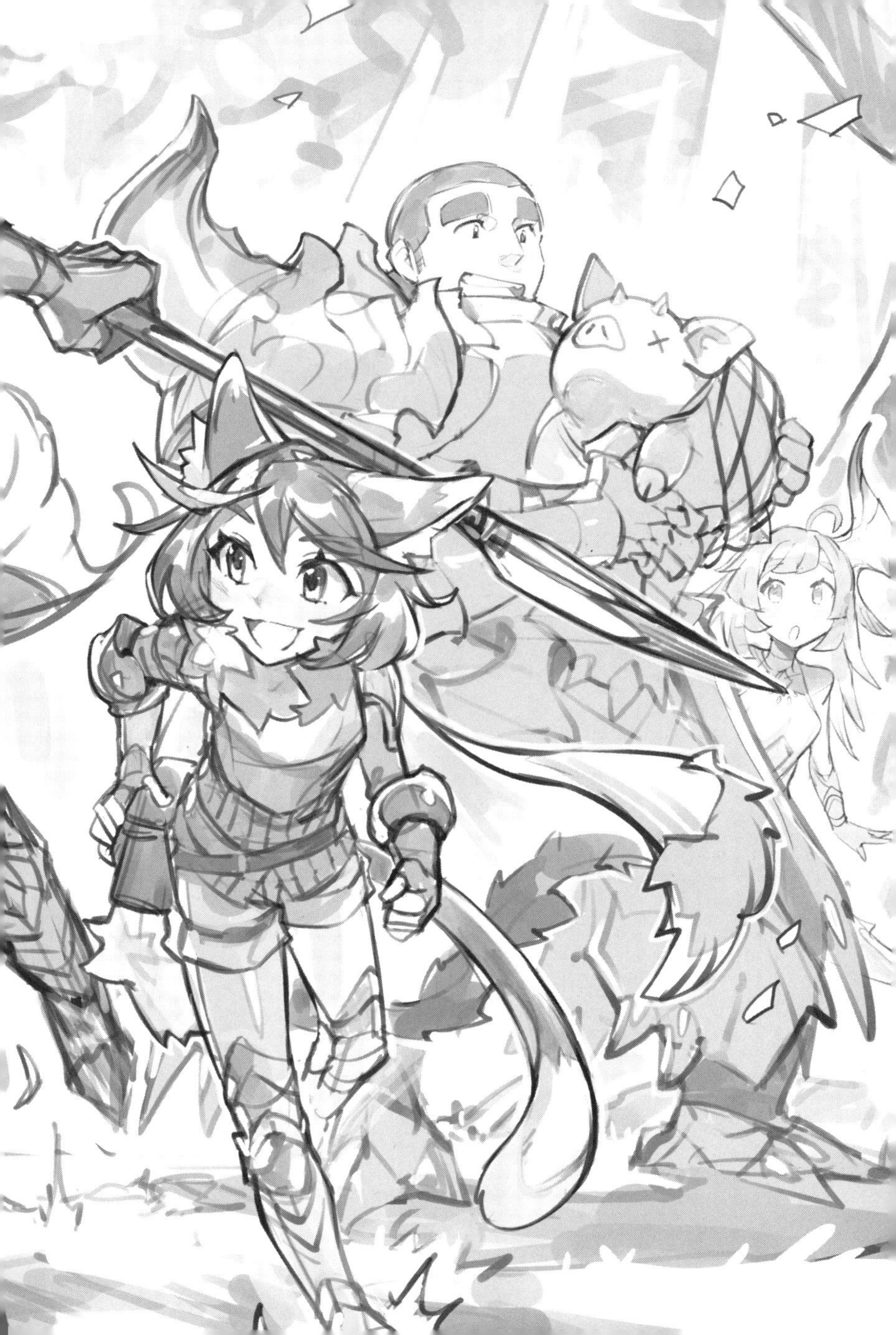

## 【書き下ろし番外編】★『プロローグは何度でも』

「「「おつかれーい！」」」

三人揃って、生中のジョッキを合わせた。

喉の奥に通るキンキンに冷えたビールの喉越しを感じながら、思わず「く〜〜っ！」なんておっさんくさい声が漏れてしまう。

とはいえ、そんな事を気にする奴はこの席には居ないが。

「何食べよっか〜。あ、ご飯系頼んでも良い？　お腹空いちゃってさ」

間延びした声を放ちながら、東は居酒屋のメニューを開いてニコニコしていた。

こんな所でしっかりとしたご飯を食べれば結構なお値段を取られるだろう。

しかし、許可。

居酒屋に来た時だけは、我慢するのは良くない。

会計を済ませた後「結構高くなっちまったなぁ」とかボヤく所まで含めて、居酒屋の楽しみ方と言えるだろう。

懐は当然痛いが、完全に気が緩められる空間ってのは、現代社会人にとっては結構貴重だったりするのだ。

「適当にツマミも一緒に頼んでくれ、ちょっと腹に溜まりそうなヤツ」

「りょうかい〜い」

声を返してから、東は店員さんに対していくつも注文していく。

なははっ、こりゃ金下ろして来て正解だったかな。

そんな事を思いながらジョッキを傾けていれば。

「こうちゃんと東の所はどんな感じよ、相変わらず？」

ぐでっとだらしなくテーブルに身体を投げ出す西田が、ため息交じりに声を上げる。

現在、就職活動中の西田。

だからって訳じゃないだろうが、前よりもちょっと恰好を気にしなくなった気がする。

今もダボッとした適当な服を着ているし、髪の毛だって伸ばしっぱなしだ。

それでも俺達よりかはマシに見えるんだから、俺と東がどれだけ無頓着なんだって話になって来るが。とはいえ、だ。

前の職場に勤めていた時より、ずっと人間らしい顔になっているのは確か。

何だか苦しそうな笑みを浮かべながら、俺達に何か隠す様に笑っていた彼はもう居ない。

今じゃ毎晩ネトゲに誘ってくるくらいだし、仕事の話になっても「働きたくねぇー！」とか平然と叫ぶくらいには気が抜けている。

世間一般から言えば、多分良くない状態なのだろう。

でも俺達からすれば、前の西田に戻って来たって感覚なのだ。

高校を卒業して、社会人になって。

歳を重ねるごとに感情らしい感情が薄れていく彼を見ていると、どうしたって不安になってしまった。

社会人なんてそんなもんだ、そりゃ分かってる。

いつまでも学生気分じゃいられないし、仕事なんぞ楽しめるって方が少ないだろう。

しかし俺達が知っている西田は、もっと笑う奴だったのだ。

困った顔で笑いながら話を逸らしたり、眼の下に真っ黒いクマを作ってまで無理矢理口元を吊り上げる様な真似はしなかった。

そんでもって、コイツの自殺未遂事件。

あんな所まで追い込まれちまうなら、逃げたって良いと思うんだ。

いくら世間に何と言われようと、誰か知らないヤツに笑われようと。

こっちの方が良いと思ったんだ。

旨いもん食って、酒飲んで馬鹿みたいに笑って。

この時だけでも人生が楽しいと思えるなら、この一瞬だけでも俺達の勝ちなのだ。

何に対して勝ちなのかは、俺も知らんけど。

「こっちはいつも通りだなぁ……マジで、いつも通り。あの社長、少しはマシになったかと思えばすぐ調子に乗りやがって」

「あいっ変わらず納期と多忙に追われてる感じかぁ……やっぱ何処行ってもそんな感じなのかね。求人サイト眺めてるだけでも、なんかもう疲れちゃってさぁ。何処も給料安い癖に、資格とか実務経験はやけに求めて来るんだよねぇ。いや、マジで情けねぇ事言ってんのは理解してっけど」

ぶへぇっとため息を吐きながら、グビグビとビールを飲んでいく西田。

ええねんええねん、気持ち良く飲んで全部吐き出してしまえ。

ココはそういう席だ。

俺等三人の中に、偉そうに説教したりする奴など居ないのだから。

「仕方ねぇって、何処も不景気だろうしな。焦って決めてまたヤバイ所に就くくらいなら、ゆっくり選んでまともな所に就けば良いさ。金がやべぇってなったら、俺達に声掛けろよ？ 肉体労働系だけど紹介してやれっからさ。最悪アレだ、ルームシェアってのやってみるか？ それなら家賃も少なくて済むし、何より食費が安くなるぜ」

「それも面白いかもねぇ、それこそちょっと大部屋借りて皆で一緒に住んでみる？ 学生の時みたいで面白そうじゃん。あ、ご飯来たよ～」

皆してヘラヘラと笑いながら、目の前に並んでいく料理に視線を向けた。

まさに居酒屋メニューってモノから、普通のご飯モノまで様々だ。

昔色々あったし、今でも色々あるからこそ。

俺達は飯だけはしっかり食おうと心に決めていた。

飯さえ食ってりゃ、どうにかして生きていける。

嫌な事があっても、明日もどうにか生きていける。

「そんじゃ、ま。いただきますっ！」

「「いただきます！」」

三人揃って手を合わせた後は、各々好きなモノに手を伸ばした。

俺はまず、春巻き。

ガブッと豪快に噛みしめてみれば、パリッ！ と良い音を響かせる外側と、中身の肉や春雨も良い具合。

じんわりと口の中に広がっていく春巻き独特な旨味と、残り香。

正直昔は、中華料理の後味が苦手だった記憶もある。

しかし大人になってから、コイツは非常に酒に合うと気付いた。

旨い。

春巻きを齧った後にビールを流し込んでみれば、ふぅぅっと深い息が漏れてしまう程に。

「おっ、シュウマイも良いぜ？　肉シュウマイ、肉汁ジュワァァって感じ」

西田の声に、シュウマイにも手を伸ばし一つパクリ。

蒸し料理独特の柔らかさと、噛みちぎってみれば中から溢れ出す肉汁。

うん、こいつもうめぇ。

昔はシュウマイの上にグリンピースが載っかっているイメージがあったが、居酒屋では見たことが無い。

緑のアイツはいったい何処から来て、どこへ行ってしまったのだろう？

スーパーで売っていたヤツも、前は載っかってた気がするが……もはや給食のイメージしか無くなってしまった。

今の給食でも、シュウマイにグリンピースは載っかっているのか？

若い子の知り合いが居ないから、聞いてみる事は出来ないが。

なんてどうでも良い事を思いながらツマミをパクパクしていれば、当然酒が足りなくなる訳で。

「すんませーん！　生三つおかわりお願いしまーす！」

声を上げてみれば、バクバクと料理を口に運んでいた東が慌てて生中に口を付け始めた。

料理に夢中になって、殆ど飲んでいなかったらしい。

別にすぐ届く訳ではないから焦る事は無いのだが、こういう時って何か急いじゃうよね。

分かる分かる、今度からは一声掛けてやろう。

「ふぅ……あ、ごめん。炒飯独り占めしちゃった、食べる？」

「めっちゃ量あるな……もう半分くらいねぇけど」

呆れた声を上げながらも、東からデカい皿を受け取った西田もモリモリと炒飯を減らしていく。

なんだよ、すげぇ旨そうな食いっぷりだな。

「それ何炒飯だっけ？」

「豚角煮と焦がしネギの炒飯って書いてあったよ？」

「ぜってぇ旨いじゃん、西田俺にも頂戴」

「んめぇよこれ！　マジで」

口をパンパンにした西田から皿を受け取り、俺も一口放り込む。

するとどうだろうか。

まず香りが凄い、普通の炒飯よりこってりとした香りが口の中を支配する。

そして何より、焦がしネギの香ばしさよ。

噛みしめてみれば、これでもかと言わんばかりのカット角煮が存在を主張してくる。

角煮炒飯とか言って、てっぺんにちょこっと角煮が載っている炒飯は散々見て来た。

しかしコイツは別物だ。

角煮？　そんなもん材料の一つに過ぎん！　と言わんばかりに、ガッツリ放り込まれているではないか。

だというのに、その勢いに負けることなくパラパラの炒飯が柔らかい味を運んで来るのだ。

あぁ、なるほど。

東が夢中になって一気に半分減らしたのも分かるわ。

「うんめぇ！　これもう一皿頼もうぜ！」

「いいね、賛成。ツマミも何か増やそうぜ、中華ばっかになっちゃったけど、もう少しサッパリ系頼むか？」

「あ、お酒来たよ。どうもどうも～、それから追加の注文いいですかー？」

そんな訳で、俺達はモリモリ食いながらグビグビと酒を減らしていった。

良いじゃない、たまにはこれくらいで。

どうせ独り身三人衆の集まりだ。

だったら疲れた時くらいこんなバカ騒ぎして、金を使ったって良いじゃないか。

緩い事を考えながら、ひたすら旨い飯を腹の中に放り込んで行った。

もう入らんって所でオーダーストップして、会計時皆でピーピー言いながら金を払って。

帰り道も笑いながら皆と別れた。

そんでもって、家に帰ったら即パソコンの電源を入れる。

一番家が近かった東は既にログインしており、遠慮なく通話を繋いでみれば。

『おっすー北君。帰って来た？』

「来ったぜぃ～。東大丈夫か？　結構飲んでたろ」

『まぁアレくらいなら大丈夫だよ。西君も元気そうでよかったねぇ』

のんびりとそんな事を話していれば、途中から西田が通話に入って来た。

『おっまたせぇ～い、帰って来たぜぃ。もうこのままネトゲ始める？　たくもぉ、俺も二人の近くに引っ越そうかな』

「その前に仕事だろ、出費ばっかじゃ流石にやべぇって」

『だよなぁ、もうゲームみたいに稼ぎたいよな。何々をやっつけた！　いくら稼いだ！　みたいにさ』

「ブワァカ。俺等じゃすぐさまやられてゲームオーバーだよ、ただの一般市民だぞ？」

『あはは、確かに。ゲームのモンスターみたいなのが来たら一発で食べられちゃいそう』

『こうちゃんも東も夢がねぇなぁ、ロマンだよロマン。あ、そうそう。昨日始まったネトゲがあってさ、試しにやってみねぇ？　キャラクリがヤバイって聞いたぜ？　かなり自由度高いらしい』

皆揃って気の抜けた会話をしながら、俺達は西田に勧められたゲームをインストールし始める。

キャラクリかぁ……そういうの、無駄に拘っちまうんだよなぁ。

とか何とか思いながらゲームを起動してみると。

『見てみて二人共！　超美女出来た！』

西田の声と共に、画面には彼が作ったであろうキャラクターが表示された。

見た目からして魔法使い。

とんがり帽子にボンキュッボンのスタイルと、やけにエロいドレス。

「ええのぉ」

『好きだねぇ』

東の呆れ声を聞きながら、こちらも必死でキャラを作っていく。

やたらに時間を掛け、チマチマと細かい情報までイジっていった結果。

『僕のも見てみてー、出来たー』

東から見せられたのは、どう見てもゴリラ。

滅茶苦茶厳つい男な訳だが、妙に上半身だけがゴツイゴリラが画面に写し出された。

「だははは！　タンクだ！　コイツタンク以外ありえねぇ！　コレでレイピアとか握ってたらギャグだ！」

『ぶははははっ！　でけぇ！　なぁ東、そのまま性別だけ女に切り替えてみて！』

『あいあいー、ちょっと待っててねぇ』

俺と西田が爆笑する中、東がちょこっと操作してみれば。

「『ぎゃははは！　普通に美人になった！』」

確かに筋肉は付いていそうだが、東のキャラクターが普通に美人に化けた。

これぞまさに日本のゲーム。

女性キャラクターにした瞬間、変な所に滅茶苦茶補正が掛かる。

さっきまでゴリラだったのに、性別を変えた瞬間美人にビフォーアフターだ。

『俺のキャラも男に変えてみたんだけどさ。案外悪くねぇかも、イケオジになった』

ほほぉ、どれどれ？　とばかりに西田が画面を共有してくるのを待っていれば。

画面いっぱいに、やけに露出度の高い髭ジジィが登場する。

「おいジジィ！　歳考えろって！　流石にその恰好はやばい！」

『あははは！　何処かのミュージックビデオでこういうのあったよね、海の上で星形の足場に立ちながら踊ってるの』

『俺も思った。けど公式でも意識してんのか分からんけど、モーションもそれっぽいのあんのよ、ホレ見て見て。Y〇U、SEI、達がー！　ってな』

「『ぶはははっ！』」

ひたすら腹を抱えて笑ったあと、俺もキャラクターを完成させる。

二人が何か面白い事になっているし、俺もネタを入れた方が良かったのかもしれないが。

『どんな感じなったよ？』

『見せて見せてー』

「はっはっは！　非常に普通のキャラクターになっちまった。多分コレ性別変えてもあんまり面白い感じにならねぇわ」

なんて事言いながら、二人に俺のキャラクターを見せようとしたその瞬間。

ぐにゃりと、視界が歪んだ。

あれ？　なんだこれ。飲み過ぎたか？

そんな事を思いながら、身体を支える為机に手をついた。

不味い、気持ち悪い。

とにかく二人に異常を伝えて、とりあえずトイレにでも――

『ごめん、二人共……なんか、ちょっと気持ち悪くなって来た……』

『やっべ、俺も……おかしいな。この程度で酔っぱらう程弱くない筈なんだけど……』

二人からも、似た様な声が聞こえて来る。

なんだ、何が起きている？

視界はぐにゃぐにゃして、平衡感覚が失われていく。

三人揃って不調って事は、もしかして何か良くないモノでも食ってしまったのだろうか？

これ、ちょっと……マジでヤバいかも――。

気持ち悪さに瞼を閉じてみれば。

「成功だ！」

急に聞こえて来た誰とも知らぬその大声に。

俺はビクッと反応しながら瞳を開くのであった。

※※※

「おーい、こうちゃん。どしたー？」

「大丈夫？　望ちゃんに回復頼もうか？」

二人の声に目を覚ますと、いつも通りテントの中。

しかし現状はよく分からん地域に飛ばされてしまった為、安心出来る要素はあまり無いが。

「わりっ、大丈夫だ。もしかして寝言でも言ってた？」

ガリガリと首元を掻きながら身体を起こしてみれば、二人はやれやれと首を振りながらため息を溢してみせる。

何か滅茶苦茶呆れた感じだが、俺マジで寝てる間に何したの。

「角煮炒飯がどうとか、後はブツブツ言って笑ってたね」

「え、何それコワ。俺不審者じゃん」

「男女切り替えがどうとか言ってたけど、ゲームやってる夢でも見てたのかよ？」

「あぁ～、よく覚えてねぇ」

適当な言葉を溢してから立ち上がれば、二人からは再び呆れたようなため息が。

「ま、急にこんな所に放り出されれば夢見も悪くなるわな」

「だねぇ、何処なんだろ？　ココ」

雑談しながらテントの入り口を潜ると。

それなりに日が昇って来た光景と、前の森とは違うまさにジャングルって見た目の景色が。

見た事の無い植物や、聞いた事の無い鳥の鳴き声とか聞こえて来るし。

そんでもって。

「こういう枝を選んで下さい、あまり湿気があっては火が付きませんから。とはいえ湿度の高い森ですから、捜すのも難しいとは思いますが……」

「一日見ただけだと分かりづらいです……」

角の生えた聖女に、南が野営のレクチャーをしている御様子。

急に森の中での生き方を覚えろって言われても、やっぱなかなか難しいよね。分かる分かる、俺等も苦労したし。

でも覚えて貰わないと生き残れないので、頑張って貰う事にしよう。

そして南も、一人で誰かに指南出来る程に成長したってのは良い事だ。

俺達が教えた野営が、本当に正しい物かどうかは分からんが。

ま、今まで生き残れたんだから何とかなるだろ。

などと雑に考えながら、二人に歩み寄った。

「おはよーさん。どうよ、慣れそうかい聖女様」

「おはようございますご主人様」

「やっぱり難しいです……あ、それからおはようございます」

『おっはよー、北山』

約一名、いや一匹？

えらく緩い声が聞こえた気がするが、まぁ良いか。

「しっかし蒸すな、ここは。早い所街でも見つけて涼みたい所だが」

「だねぇ。鎧脱ぐ訳にもいかないし、余計に辛いよ」

「まだ季節的には冬の筈なんだけどな。気温が高いっつぅか、常にジメジメしてるよな」

思わず三人揃ってため息を溢してしまう。

ジャングル、マジでジャングル。

水辺とか行ったらワニでも出てきそうな雰囲気だよ。

どっちに向かえば良いのかも分からない為、方角だけは見失わない様にして適当に進んでいる訳だが……そろそろ森を抜けても良いんじゃないっすかね。

「もう三日くらいですかね？　早いものです」

「そろそろ着替えたいです……洗濯はしてますけど」

南と望も疲れた様な言葉を洩らすが、生憎と現状街道の一つも見えてこない。

参ったねこりゃ。

食糧はマジックバッグに入っているが、無限にある訳じゃない。

更に言えば、他の問題も色々発生している上に、ドラゴン戦で武器がかなり傷んでいるのだ。

とりあえず街に着いたら可能なら武具の修理。

もしくは新調だろうなぁ……何て事を考えた瞬間。

「あ」

「どした？」

とてもとても、嫌な事を思い出した。

俺等ここに来る前は、ドラゴンと戦っていた訳で。

更にもっと前を思い出せば、街を出る前に姫様と会った訳ですよね。

つまり、現状バッグの中には。

「不味い、街を見つけても金が無い。保険の白金貨、姫様への返済に使っちまった」

「「……あっ」」

スゥゥ……と、静かに息を吸い込む二人の呼吸音が聞こえた気がする。

あ、あはは……コイツはヤバいぜ。

金無し家無し仕事無し、まさに振り出しに戻った気分だ。

「えぇと、どうにかこう……そうだ！　素材とか売って何とかしましょう！」

「他の国に行く時は、入国にもお金が掛かる世界だった様な……」

南の提案に思わず「ソレだ！」と言いたくなったが、望の言う通りまず街に入る金が無い。

自分達が住んでいる国なら税金納めてるからまだしも、身分証を呈示した所で余所者をすんなり入れてくれるとも限らないし。

ハッハッハ、マジでやべぇ。

これからどうなるんだ俺等。

「と、とにかく街が見つからない事には始まらねぇよ！　まずは森を抜けようぜ！」

「そ、そうだね！　まだこっちに飛ばされてから数日しか経ってないんだし、食料が保つ内に人里を探す事だけに集中しよう！」

西田と東が必死に声を上げるが、まぁ確かにその通りだ。

未だ森の中だと言うのに、今から金の心配をしても仕方が無い。

仕方が無いのは、分かっているんだが。

「どうすっかなぁ……」

思わず、そんな声を溢してしまうのであった。

何かもう俺等、いつもこんな事やってないか？

とはいえ、俺達なんて上手く行っていた事の方が少ないのだ。

放り出されて、ヒーヒー言いながら獣を狩って。

仲間が増えてもやる事は変わらなくて。

だったらまぁ、いつも通りってこった。

「はぁぁぁ……ったく。色々と面倒クセェがとにかく今日の飯だ。人間ってのは食わなきゃ頭が回らねぇからな、飯だ飯。腹いっぱいにしてから、街道探して人里探し。今やる事はそんな所だ」

「大物貴族救出イベントとか起きねぇかなぁ……異世界モノっつったら、まずそこからだろ」

「僕達の場合、そこから云々じゃなくて既に一年以上経過してるけどねぇ」

西田と東の緩い声を聴きながらも、その場で調理器具を並べていく。

元居た場所では見ない様な魔獣もゴロゴロ居るから、とりあえず味見から始めてみますかね。

そんな事を考え、現地調達の魔獣肉に包丁を入れていくのであった。

「旨いかどうかは知らねぇが、色々作ってみますかねぇ……ったく、毎回こんな事してるじゃねぇか俺等」

「猪肉喰ってみたり、鹿が出て来て大騒ぎしたりな？」

「あ、さっき蛇が居たよ？　王蛇程じゃなくて、小さめなヤツ。とりあえず狩っておいたけど、食べてみる？　いや、毒蛇だったら不味いか……」

などといつも通りの会話をしながら色々と飯を拵え、これは旨いこっちは不味いと言い合いながら食事を済ませる俺達。

本当に、いつも通りだ。

こんなよく分からん場所に吹っ飛ばされたというのに。

我ながら逞しくなったもので。

なんて思ってしまうが、余裕をぶっこいていると齧られるのがこの世界。

であるからして、本日もまた。

「うっし、腹も膨れたし。準備良いなお前等」

「問題ねぇよこうちゃん。いや、問題はあんのか、武器が足りねぇ」

「ま、何とかするしか無いよね。まずは人里探そうか」

「小さな村でも見つけられれば、少しくらいは我儘を聞いてくれるかもしれません。そう言う場所を探しましょう」

「なんだかゲームみたいな感じになって来ちゃった……プロローグ前って感じだけど」

『良いじゃないか、人は旅や冒険に憧れるんだろう？　なら、楽しまなくちゃ』

各々から御言葉を頂いてから、改めて目の前の湿地帯を睨んだ。

蒸し蒸しするし、何か良く分からない植物とかいっぱい生えてるし、物凄く鬱陶しいが。

それでも、未開の地に訪れたのだ。

なら確かに、ドラゴン娘の言う通り楽しまなければ。

俺達は最初から、主人公になる事を諦めているのだから。

だとすれば一般人、ただのウォーカーとしてこの世界を楽しまなければ損だというモノ。

特別には成れなくとも、今までに見た事の無い世界で生きていく。

この世界の人達にとっては普通の事でも、俺達にとっては〝特別〟な事例なのだ。

「第二フィールド開始って感じかね？　まぁ良いさ、行こうぜこうちゃん」

「アプデが入って、心機一転やり直せって所なのかな。ま、何とかなるでしょ。行こう北君」

不安だったり、ここが何処なのかも分からない状況だろうに。

友人二人は軽い声を上げながらバシッと肩を叩いて来る。

「参りましょうご主人様、とにかく方角だけは見失わない様に注意しますので。出来ればあと数日以内には人間と出会いたい所ですね」

「ひぃぃ、なんか皆凄い事言ってます……」

『ファイトォ望。回復役は私達だぞぉ？』

若い子達も、何だかんだ言いながらついて来てくれる訳で。

だったら、リーダー名乗ってる俺がいつまでも弱気な発言なんぞ繰り返せる筈も無く。

「うっし、行くか！　どうせいつも通りだ、目の前の事に対処すんぞ！　獣は狩る、情報を探る。飯になりそうな奴は絶対逃がさない、以上！　マジでそのまんま！」

カッカッカと笑いながら槍を担ぎ、皆と肩を並べて歩き始めた。

今有る物を使って、どうにか喰える相手を探して。

更には何処に行けば良いのかも分からない状況。

今では南も居るし、俺等も成長したので方角を見失ったりはしないが。

「ハハッ、まぁじで初期に戻った気分だわ」

「装備も揃ってるし、レベル的には昔より余裕あるけどねぇ」

何て言葉を頂きながら歩いて行けば、早くも喰えそうな獲物が視界の先に。

「どうしますか、ご主人様」

「えっと、魔法で拘束とかします？」

女子二人からも慎重な雰囲気が伝わって来るが。

俺等は、そういう〝アレ〟じゃなかった筈だ。

それこそ、最初期に関しては特に。

「フォーメーション〝狼〟！　餌で釣って一気に片付けるぞ！」

「「了解！」」

そんな訳で俺達は今日も狩りをする。

〝こちら側〟に来てから、最初から最後まで。

多分そういう生き方しか出来ないのだろう。

だって、魔法も何も使えないし。

「逃げ道を塞ぎます！」

「バフと、それから……隙があれば魔法で拘束しますね！」

『あんまり美味しくなさそうだよ……？』

全員の声を聴きながら、俺達はそれぞれの仕事をこなしていく。

これぞ異世界、これぞパーティってモンだろう。

だから今日も、俺達は武器を握るのだ。

「シャァァア！」

全く知らない土地で、体験した事も無い環境の中。

本日もまた、俺は槍をぶん投げるのであった。

## あとがき

皆様こんにちは、作者のくろぬかと申します。

『勇者になれなかった三馬鹿トリオは、今日も男飯を拵える。』第五巻、お楽しみ頂けましたでしょうか？

今回のお話にて、第一部は終了となります。

何も無い所から始まった三人の物語が、多くの仲間に囲まれ、大物を討伐するまでに至ったという所で一区切りです。

強くなった彼等がどう生きるのか、環境がどう変わっていくのか、今度は何を食べるのか。

彼等の次なる行動を楽しみにして頂ければ幸いです。

そしてここまで順調に発刊出来た事。出版社の皆様をはじめ、イラストレーターのＴＡＰＩ岡先生。何より『三馬鹿男飯』をご購入頂いた読者の皆様。

この場をお借りして、改めてお礼申し上げます。

本当にありがとうございます。


と言う事で御挨拶でしたが、この度は二ページくらいもらったのでもう少し。

今作にはＷＥＢ版もありまして、そっちでは外伝も二作程上がっております。

どちらも三馬鹿男飯と繋がる話になっていますので、お時間があればそちらもよろしくお願いいたします。

そっちも書籍で出したいぞぉ！

という気持ちではありますが、本編優先だからね、仕方ないね。

でも盛り上げていけば、いつかきっと！　という野望を抱きながら日々執筆しております。

さてさて、三馬鹿男飯の話に戻しますと。

各所に感想やレビューを残して頂いている皆様、いつもありがとうございます。

調べられる範囲では多分全部？　読ませて頂いております。

やっぱりご飯に関する感想が多いですよね、美味しいは正義。

皆様は男飯を読んで特に印象に残ったシーンなどはありますでしょうか？

食事でも、戦闘でも、キャラクターでも構いません。

もしもそう言ったモノがあれば、どこかに感想やレビューとして残して頂ければ嬉しいです。

やはり書き手としては、反応があるのは嬉しいものですから。

因みに私はイラストで鎧が描かれる度にテンション上がる人です。

毎度毎度、注文した以上に恰好良い鎧を描いてくれるイラストレーター様に出会えて幸せでございます……と言う事で、是非お気軽にご感想をお聞かせ頂ければなって思います。

長くなりましたが、『勇者になれなかった三馬鹿トリオは、今日も男飯を拵える。』五巻をご購入頂き、ありがとうございます。

今後とも三馬鹿男飯を、どうぞよろしくお願いいたします。

コミカライズ

# 三馬鹿の活躍がマンガでも読める！

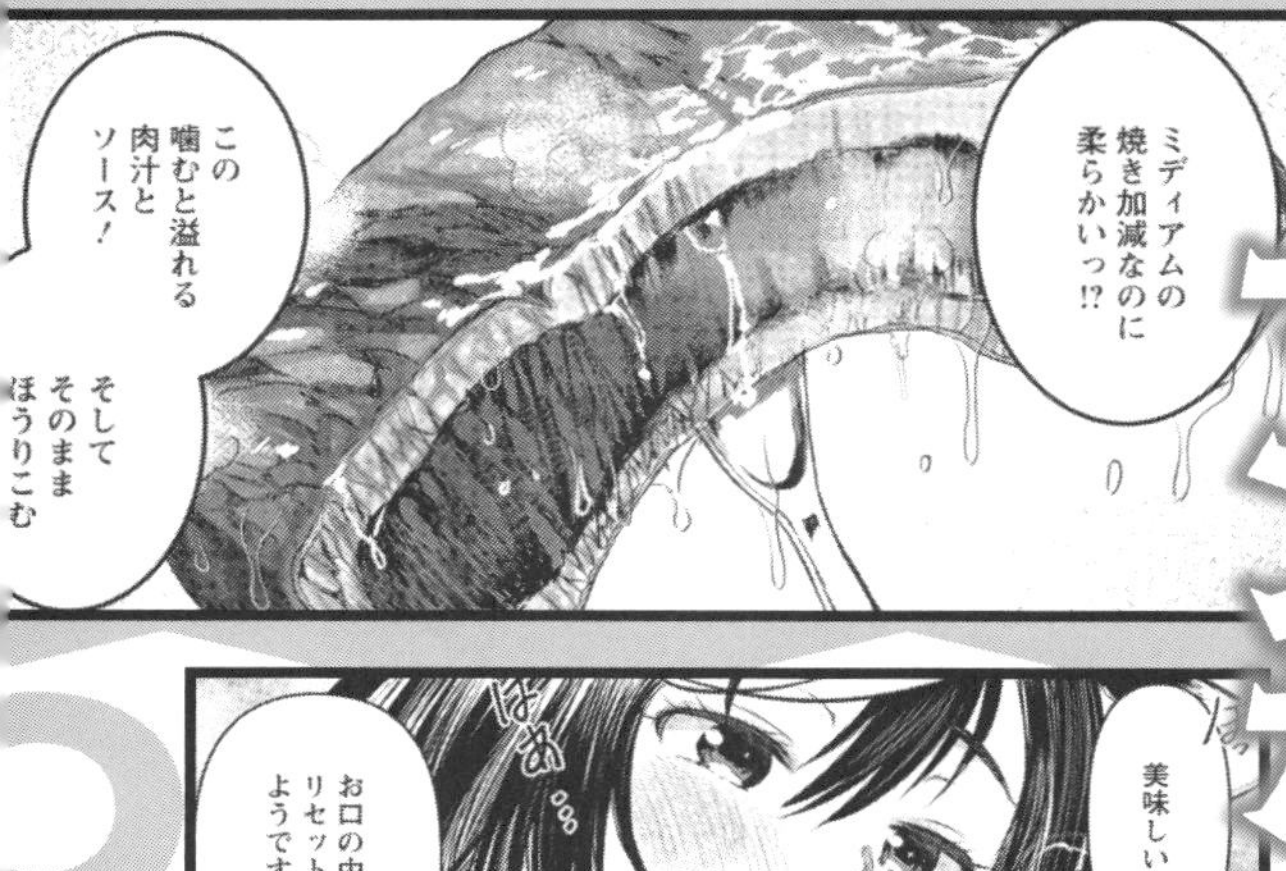


最新話は

マンガがうがう

に掲載中！

他にも無料マンガ毎日無料!!

https://futabanet.jp/monster

DLはこちらから！

【漫画】亀吉いちこ

【原作】くろぬか

【キャラクター原案】TAPI岡

★ ★ ★

YU-SHA NI NARENAKATTA SANBAKA TORIO HA KYOU MO OTOKOMESHI WO KOSHIRAERU.

Mノベルス

その門番、最強につき
～追放された防御力9999の戦士、王都の門番として無双する～
Kametsu Tomobashi
友橋かめつ
Illustration
へいろー
ズバ抜けた防御力を持つジークは魔物のヘイトを一身に集め、パーティーに貢献していた。しかし、攻撃重視のリーダーはジークの働きに気がつかず、追放を言い渡す。ジークが抜けた途端、クエストの失敗が続き……。一方のジークは王都の門番に就職。持前の防御力の高さで、瞬く間に分隊長に昇格。部下についた無防備な巨乳剣士、セクハラ好きの怪力女、ヤンデレ気質の弓使い、彼女らとともに周囲から絶大な信頼を集める存在に！「小説家になろう」発ハードボイルドファンタジー第一弾！

発行・株式会社　双葉社

Mノベルス

# 勇者《ゆうしゃ》になれなかった三馬鹿《さんばか》トリオは、今日《きょう》も男飯《おとこめし》を拵《こしら》える。⑤

2023年10月2日　第1刷発行

著　者　くろぬか

発行者　島野浩二

発行所　株式会社双葉社
〒162-8540　東京都新宿区東五軒町3番28号
［電話］03-5261-4818（営業）　03-5261-4851（編集）
http://www.futabasha.co.jp/（双葉社の書籍・コミック・ムックが買えます）

印刷・製本所　三晃印刷株式会社



［電話］03-5261-4822（製作部）
ISBN 978-4-575-24663-6 C0093